共和国的历程

全国动员

做志愿军坚强的后盾

李　奎　编写

蓝 天 出 版 社　吉林出版集团有限责任公司

图书在版编目（CIP）数据

全国动员：做志愿军坚强的后盾 / 李奎编写.
—北京：蓝天出版社，2014. 1（2023.3重印）
（共和国的历程）
ISBN 978-7-5094-1088-2

Ⅰ. ①全… Ⅱ. ①李… Ⅲ. ①革命故事－作品集－中国－当代 Ⅳ. ①I247. 8

中国版本图书馆 CIP 数据核字（2013）第 305471 号

全国动员——做志愿军坚强的后盾
编　　写：李　奎
策　　划：金永吉　荆忠峰
责任编辑：祖　航　孔庆春
出版发行：蓝天出版社　吉林出版集团有限责任公司
地　　址：北京市复兴路 14 号
邮　　编：100843
电　　话：010—66983715
经　　销：全国新华书店
印　　刷：北京柏玉景印刷制品有限公司
开　　本：710mm×1000mm　1/16
字　　数：69 千
印　　张：8
版　　次：2014 年 4 月第 1 版
印　　次：2023 年 3 月第 3 次
定　　价：29.80 元

前　言

中华人民共和国自1949年10月1日成立以来，已走过了六十多年的风雨历程。历史是一面镜子，我们可以从多视角、多侧面对其进行解读。然而有一点是可以肯定的，那就是，半个多世纪以来，在中国共产党的领导下，中国的政治、经济、军事、外交、文化、教育、科技、社会、民生等领域，都发生了深刻的变化，中国人民站起来了，中华民族已屹立于世界民族之林。

这段时间放到整个历史长河中是短暂的，有如弹指一挥间，但它带给中国的却是极不平凡的。六十多年里神州大地经历了沧桑巨变。从开国大典到60年国庆盛典，从经济战线上的三大战役到经济总量居世界前列，从对农业、手工业、资本主义工商业的三大改造到社会主义市场经济体制的基本确立，从宜将剩勇追穷寇到建立了强大的国防军，从废除一切不平等条约到独立自主的和平外交政策，从“双百”方针到体制改革后的文化事业欣欣向荣，从扫除文盲到实施科教兴国战略建设新型国家，从翻身解放到实现小康社会，凡此种种，中国人民在每个领域无不留下发展的足迹，写就不朽的诗篇。

六十几年在历史的长河中犹如沧海一粟，但对身处其间的个人却是并非无足轻重的。其间究竟发生了些什么，怎样发生的，过程怎样，结果如何，非人人都清楚知道的。对此，亲身经历者或可鲜活如昨，但对后来者却可能只是一个概念，对某段历史的记忆影像或不存在或是模糊的。基于此，为了让年轻人，特别是青少年永远铭记共和国这段不朽的历史，我们推出了这套《共和国的历程》。

《共和国的历程》虽为故事形式，但与戏说无关，我们是想借助通俗、富于感染力的文字记录这段历史。这套丛书汇集了在共和国历史上具有深刻影响的重大历史事件。在丛书的谋篇布局上，我们尽量选取各个时代具有代表性的或深具普遍意义的若干事件加以叙述，使其能反映共和国发展的全景和脉络。为了使题目的设置不至于因大而空，我们着眼于每一重大历史事件的缘起、过程、结局、时间、地点、人物等，抓住点滴和些许小事，力求通透。

历史是复杂的，事态的发展因素也是多方面的。由于叙述者的视角、文化构成不同，对事件的认知或有不足；但这不会影响我们对整个历史事件的判断和思考，至于它能否清晰地表达出我们编辑这套书的本意，那只能交给读者去评判了。

这套丛书可谓是一部书写红色记忆的读物，它对于了解共和国的历史、中国共产党的英明领导和中国人民的伟大实践都是不可或缺的。同时，这套丛书又是一套普及性读物，既针对重点阅读人群，也适宜在全民中推广。相信它必将在我国开展的全民阅读活动中发挥大的作用，成为装备中小学图书馆、农家书屋、社区书屋、机关及企事业单位职工图书室、连队图书室等的重点选择对象。

编　者

2014 年 1 月

目录

目录

一、团结一心

●毛泽东说："可惜，他们打错了算盘，他们忘记了我们有5亿坚强不屈的人民。"

●毛泽东摆摆手说："我一个人的本领也是有限的，群众才是真正的英雄。"

●张奚若强调说："我们有一个法宝，是敌人永远不能有的，这就是在中国共产党领导下的全国团结一致的人心。"

毛泽东说美国打错了算盘

1950 年 6 月 25 日，朝鲜战争正式爆发。9 月 5 日，美军在仁川登陆，战局逆转。

9 月 5 日当天，中央人民政府委员会第九次会议在北京召开，在这次会议上，毛泽东发表讲话指出：

> 就目前的情况来看，朝鲜战争持久化的可能性正在逐渐增大。

接着，毛泽东还分析了美军的长处和短处，概括起来是“一长三短”。他说：

> 它在军事上只有一个长处，就是铁多，另外却有三个弱点，合起来是一长三短。三个弱点是：第一，战线太长，从德国柏林到朝鲜；第二，运输路线太远，隔着两个大洋，大西洋和太平洋；第三，战斗力太弱。

尽管如此，毛泽东并没有轻敌大意。他在讲话里提出要防备美帝国主义乱来，打第三次世界大战的问题。他说：

所谓那样干，无非是打第三次世界大战，而且打原子弹，长期地打，要比第一、第二次世界大战打得长。我们中国人民是打惯了仗的，我们的愿望是不要打仗。但你一定要打，就只好让你打。你打你的，我打我的，你打原子弹，我打手榴弹，抓住你的弱点，跟着你打，最后打败你。

当时，毛泽东已经做好了准备，在迫不得已的情况下，要出兵支援朝鲜，打击美国这个不可一世的霸权强国。但是，毛泽东有一个“底”，这个“底”就是美军是不是过“三八线”。

当时，毛泽东指出：

美帝国主义如果干涉，不过“三八线”，我们不管；如果过“三八线”，我们一定过去打。

10月1日，美军、南朝鲜军不顾中国政府的警告，大举进攻，越过“三八线”，妄图吞并全朝鲜，形势十分危急。

以毛泽东为首的中共中央，根据朝鲜政府的请求和对国家安全的考虑，毅然作出“抗美援朝，保家卫国”的战略决策。

1950年10月8日，毛泽东正式发布命令：

为了援助朝鲜人民的解放战争，反对美帝国主义及其走狗的进攻，借以保卫朝鲜人民、中国人民及东方各国人民的利益，将东北边防军改为中国人民志愿军，迅即向朝鲜境内出动，协同朝鲜同志向侵略者作战并争取光荣的胜利。

由此而产生了符合全中国人民根本利益的战争动员口号：

抗美援朝，保家卫国。

短短的8个字，把中国人的心绪调整过来了，调动起来了！

10月19日，中国人民志愿军在彭德怀的率领下跨过鸭绿江，英勇抗击入侵美军。从10月25日至12月24日，志愿军同朝鲜人民军一起，连续进行了两次战役，歼“联合国军”5万余人，于12月6日收复平壤，并把“联合国军”赶回“三八线”附近，初步扭转了朝鲜的战局。

为了配合前线，1951年10月，中共中央在中南海怀仁堂召开政治局扩大会议。毛泽东在会上作重要讲话。

毛泽东首先向各位委员通报中国人民志愿军自1950

年10月19日开赴朝鲜战场后，抗击美国侵略者的情况。

毛泽东说：

美帝国主义并不可怕，经过一年的英勇战斗，我志愿军在朝鲜人民军的配合下，已经将不可一世的所谓“联合国军”从鸭绿江边驱逐到“三八线”南北附近地区，并迫使美军开始了停战谈判。

接着，毛泽东说：

虽然我们在朝鲜战场上取得了一定的胜利，但是我们也为此付出了沉重的代价。

当时，由于朝鲜战争的发展，中国国内军事人员已较1950年规定数增加了50%，这在取得朝鲜战争的胜利和加速现代化兵种的组成上起到了很大作用。但在财政的供应和人力的消耗上，却成为很大的负担。就财政支出而言，1950年的国防费是28.01亿元，1951年的国防费用预计比上一年超出了40%多，高出占20%多的经济建设比重，以致当时的许多工作面临严重的危机。

说到这里，毛泽东提高声调说：

美帝国主义及其走狗在战场上没有捡到便

宜，就想在经济禁运上做文章，妄图在战略物质上卡住我们的脖子，可惜，他们打错了算盘，他们忘记了我们有5亿坚强不屈的人民，忘记了我们有960万平方公里的广袤国土。还有最重要的一条，我们共产党人就是在重重危机中一步一步走向胜利的！

毛泽东的讲话，引起全场经久不息的热烈掌声。

打破禁运支援前线

1951 年 10 月，中共中央政治局扩大会议在中南海怀仁堂召开。会议由毛泽东主持。

在大会开始，毛泽东对朝鲜战争爆发后国内外的形势进行了总结，并鼓励大家同心协力，打击美帝国主义的嚣张气焰。

毛泽东的大无畏精神深深感染了大家，会场的气氛顿时活跃起来。有一个委员说："只要按毛主席的指示办事，就没有克服不了的困难。"

毛泽东摆摆手说："我一个人的本领也是有限的，群众才是真正的英雄。"

毛泽东接着指出：

> 在目前这种困难的情况下，全国人民要团结一心，进一步加强抗美援朝的力量，全力支援前线，支援中国人民志愿军。因为只有国家和平了，人民才能安下心来搞建设。

毛泽东见委员们频频点头，又语气坚定地说：

> 战争必须胜利，物价不许波动，生产仍需

发展。

毛泽东还确定了解决财政困难的5条方法，其中第三条是“紧缩开支，清理资财，全面开展增产节约运动”，第四条则为“提倡节约，反对浪费”。

毛泽东在会上号召大家厉行节约，增加生产，积极支援前线，他最后说：

> 在保持国内物价稳定和不过分加重人民负担的条件下，要保证对前方的物资供应，就只有努力增加生产、厉行节约！

当时，美国为了报复中国志愿军部队出兵朝鲜，在国际上通过各种手段对中国实施封锁禁运。

其实，早在中华人民共和国成立前夕，美国政府就确定了要利用经济手段对新中国施加压力的方针。

国务卿艾奇逊在1949年2月28日向国家安全委员会提出《关于美国对华贸易的政策》的报告时就说，中共既要解决中国的吃饭问题，又要重建国家，他势必寻求外援，寻求与西方的贸易，因此“在共产主义理论与中国的具体现实之间的第一个冲突大概会具体地在经济领域中产生”，“正是在对华经济关系领域中美国具有对付中共政权的最有效的武器”。

1950年春，美国政府越来越明确地把中国与印度支那的边境作为在亚洲大陆“遏制”共产主义的防线。美国在2月27日出台的NSC64号文件中指出：“中共军队在印度支那边境的存在使军火物资和军队可以自由地从共产主义中国进入印度支那，因此印支处于最直接的威胁之下。”

该文件要求，“国务院与国防部应把制订一项以一切切实可行的措施保卫美国在印度支那的利益的计划作为优先”工作。

在这一背景下，美国政府决定对中国实行同对苏联及东欧国家同样严厉的贸易管制，并要求英国及其他盟国实行进一步的配合。

当年3月29日，美、英政府联合致电比、法、荷三国政府，要求他们在对中、朝两国贸易方面实行与对苏联一样的管制措施，美国并就此对菲律宾施加影响。在美国的压力下，英国还去游说英联邦国家。

但对外贸易与各国的切身利益密切相关，美国的要求没有得到盟国的积极响应。由于美国严格管制对华贸易，朝鲜战争爆发前中美贸易已经大幅度下降。

据美国商业部统计，1950年1月至8月美国对华出口总值降至0.33亿美元，而且主要出口商品是没有战略意义的棉花。对华出口下降最多的是石油制品。从1950年1月起，商业部停止发放大多数精炼油的出口许可证。

而中国对美出口却大体维持在原有的水平。1950年上半年中国对美出口为0.575亿美元。中国对美战略物

资的出口甚至有增无减。对美钨的出口量1950年上半年为302.7万公斤；锡的出口为131万公斤。

朝鲜战争爆发后，联合国安理会在美国操纵下于1950年6月25日通过决议，要求成员国不对朝鲜提供帮助。28日，美国宣布对朝鲜实行完全禁运。

1950年12月2日，美国商务部宣布对中华人民共和国实施全面禁运，“凡是一个士兵可以利用的东西都不许”运往共产党中国。

12月8日，美国宣布《旧金山执行港口管制法令》，上面规定，无论何种货物：

> 经由美国口岸转达中国旅顺、大连、香港、澳门者，均需卸下，如要装运，必须特别许可。

联合国还成立了由美、英、法、墨西哥、菲律宾、土耳其、澳大利亚、比利时、巴西、加拿大、埃及、委内瑞拉等组成的所谓“额外措施委员会”，专门对中国实施经济制裁。

美国国务卿艾奇逊致电美国驻联大使团，为“额外措施委员会”定下了工作原则和方案，专门讨论针对中国的切实有效的经济措施。

艾奇逊公开宣称：

> 对华禁运不仅有经济上的意义，而且有心

理和政治上的影响。如果只有那些一般认为容易接受美国压力的国家实施对华禁运，这种影响是不能被完全感觉到的，只有联合国中所有非共产党国家都实施禁运，对共产党中国实行制裁的道义影响才能最大限度地发挥出来。

美国政府知道，仅仅美国单方面对中国实行禁运而无盟国的配合，禁运很难收到理想的效果。于是，美国政府一方面与有关各国频繁接触，争取他们加入到对华禁运的行列中，一方面力图通过联合国，采取集体行动。

1951 年 2 月 1 日，在美国的操纵下，联合国大会通过了诬蔑中国为“侵略者”的决议，要求各国对美军给予一切援助，对中、朝军队不要给予任何援助。

但是，正义必胜，美国的一切阴谋注定都要落空。中国人民团结一心，积极支援前线，保证了前线的物资供给。

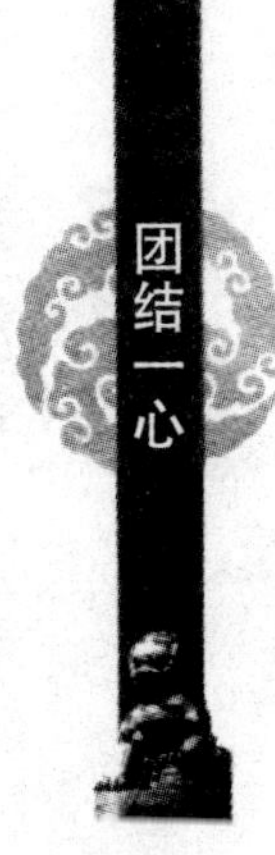

开展增产节约运动

1950年10月，为了支援朝鲜前线，以毛泽东为首的中共中央适时提出“增产节约”的号召。

其实，早在新中国成立初期，由于国民党反动派的破坏，国民经济面临着一系列棘手问题。当时，新政权的领袖们就将走出困境的希望寄予在增产节约上。

1949年12月5日，毛泽东在给军队的一个指示中曾经指出：

> 我们今天要将革命战争进行到底，要医治长期战争遗留下来的创伤，要从事经济的、文化的、国防的各种建设工作，国家的收入不足，开支浩大，这就是我们今天所遇到的一项巨大困难。

接着，中央财政经济委员会主任陈云在中央人民政府委员会上作题为《发行公债弥补财政赤字》的报告。报告指出：

> 现在，政府正努力整理税收，增加收入，并且决定在政府机关和部队中厉行节约，增加

生产。

而在抗美援朝时期，中央提出“增产节约”的口号，却有着非比寻常的意义。

1950年3月，为了争取财政经济状况的好转，中央人民政府通过并公布陈云起草的《关于统一国家财政经济工作的决定》。“决定”指出：

> 所有国家工厂和企业，除规定职工工人数及生产的质与量外，必须实行原料消耗的定额制度，铲除囤积材料的浪费行为。一切国营经济部门，均须提高资金的周转率，保护机器资材，建立保管制度，严惩贪污浪费人员。全国均应节省一切可能节省的开支，缓办应该缓办的事项，以便集中财力于军事上消灭残敌，经济上重点恢复。

统一财经的重大举措在一定程度上扭转了财政经济的困难局面。

由于财政上既要照顾到国防开支的急迫需要，又要保证财政状况和市场的稳定，1951年财政支出概算比1950年财政支出概算增加50%，其中军费开支占总支出的55%，比1950年增加约一倍；1951年的财政收入预计将为支出的88.5%，赤字占支出的11.5%，比1950年的

赤字比重还高2.5%。在这种情况下，开展增产节约运动就成为非常必要的选择。

1950年6月，中共中央召开七届三中全会，会议的中心议题是争取国家财政经济状况的根本好转。

在这次会上，毛泽东作了题为《为争取国家财政经济状况的基本好转而斗争》的报告。报告指出：

> 要获得财政经济情况的根本好转，需要以下条件，即土地改革的完成；现有工商业的合理调整；国家机构所需经费的大量节减。

在这次会议上，中共中央正式将增产节约提上议事日程。1950年11月，陈云在第二次全国财政会议上作《抗美援朝开始后财经工作的方针》的报告。报告指出：

> 简单地说，就是把明年的财经工作方针放在抗美援朝战争的基础之上，与今年放在和平的恢复经济的基础上完全不同，表现在财政上就是要增加军费及与军事有关的支出，同时各种收入也必然要减少。

"增产节约"的号召发出以后，这项运动首先从抗美援朝战场的直接后方、中国人民志愿军的后勤供应基地东北地区展开。

1950年11月初，志愿军刚刚入朝不久，东北就在许多厂矿企业开展了爱国主义劳动竞赛。全国性的生产劳动竞赛和增产节约运动也随之展开。

1951年3月6日，中央财政经济委员会副主任李富春在第一次全国工业会议上就“如何组织与领导生产竞赛”问题指出：

> 企业中的领导干部在生产竞赛中应注意以下几点：竞赛的内容必须与完成生产计划的总任务相结合，与解决生产中最薄弱的或最关键的环节相结合；提倡劳动与技术相结合，启发职工的智慧，从改善工具、改善操作方法、改善劳动组织来提高生产；推广先进生产者与先进生产小组的经验；在竞赛中建立与改善各种经营管理制度，制定联系合同与集体合同；在竞赛中建立合理的奖励制度。

6月1日，抗美援朝总会发出捐献飞机大炮和推广爱国公约的通告，同时，提出了增加生产、增加收入的口号，以增产收入作为捐献之款。许多地区把爱国公约、劳动竞赛、增加生产和捐献结合起来，广大人民群众充分发挥生产的积极性和创造性，有力地推动了生产的发展。

在农村，广大农民开展爱国增产竞赛，努力提高产

量，确保朝鲜前线的粮棉供应。

7月，中共中央东北局发出的《关于加强党对国营企业领导的决议》指出：

发动群众搞好生产，是搞好基层工会工作的关键。其中最主要的是组织与领导群众进行爱国主义生产竞赛。

该"决议"还指出，要使劳动与技术相结合，使生产竞赛与物质奖励相结合，使先进带动落后并帮助落后，使生产能够按照生产计划快速平衡发展，要关心职工生活及福利，保护工人阶级日常利益，同时进行政治、文化及技术教育。

这些政策和措施对工业领域增产节约运动的顺利开展，起到了积极的推动作用。

10月23日，毛泽东在政协第一届三次会议的开幕词中，对工农业已经开展起来的爱国增产运动作出肯定性的评价：

在工业和农业战线上发展着的爱国增产运动，是我们国家值得庆贺的新气象。在农村中实现土地改革和在工厂企业中实现民主改革之后，工人和农民即获得发展其爱国增产的极大积极性，并改善其物质生活和文化生活的可能。

只要我们善于团结、教育和依靠工人和农民，我国就一定会出现一个普遍高涨的爱国增产运动。

同时，毛泽东发出“增加生产，厉行节约，以支持中国人民志愿军”的号召，指出“这是中国人民今天的中心任务”。

由此可见，党中央对增产节约运动赋予了重要的地位和意义。这两次会议成为增产节约运动发展的一个重要转折点。会后，按照中央的部署，规模巨大的增产节约运动在全国范围内迅速铺开。

11 月 9 日，中共中央批转东北局关于增产节约运动的报告。东北局在报告中总结了 1951 年以来东北地区开展增产节约运动的经验，称开展这个运动要经过以下几个步骤：

一是运动开始，首先必须反复说明意义和方针；

二是发掘潜力，潜在力量是在工厂里，在群众中间；

三是制订计划；

四是找窍门，订合同，组织竞赛。

中央对这个报告作出如下批示：

> 要求各中央局根据中央政治局扩大会议的精神和本区具体情况，并参照东北经验，做出你们自己的、全面的，不仅工业也不仅财经的增产节约计划，报告中央。

随后，各地区纷纷制订增产节约计划，以加强对增产节约运动的领导。

20日，中央又批转高岗《关于开展增产节约运动，进一步反贪污、反浪费、反官僚主义斗争的报告》。

当天，《人民日报》发表题为《开展增产节约运动是国家当前的中心任务》的社论，社论提出：

> 因为“增产节约”是贯穿到一切方面的总方针和总任务，因此，我们要普遍地深入地发动一个全国规模的增产节约的群众运动。

12月7日，政务院决定成立以薄一波任主任的中央人民政府节约检查委员会，加强中央对运动的组织领导。从此，一个群众性的爱国增产节约运动在全国开展起来。

“中国人民保卫世界和平反对美国侵略委员会”成立

1950年10月26日，中国保卫世界和平大会委员会与中国人民反对美国侵略台湾、朝鲜运动委员会举行联席会议。

在会上，两会主席郭沫若作关于中国保卫世界和平大会委员会及反对美国侵略台湾、朝鲜运动委员会的工作报告。

郭沫若说：

> 一年来的和平签名运动是全国人民伟大意志的表现，这表示中国人民一致坚决反对美帝国主义侵略台湾、朝鲜，也充分说明了保卫世界和平运动与反对美帝国主义的侵略运动是密切结合着的。

郭沫若建议将中国保卫世界和平大会委员会和中国反对美国侵略台湾、朝鲜运动委员会合并改组为“中国人民保卫世界和平反对美国侵略委员会”。

大会一致通过这一建议，并通过该委员会全国委员名单及负责人名单。该委员会委员由包括各民主党派、各人民团体和各界代表人士的158人组成。郭沫若任主

席，彭真、陈叔通为副主席，司徒美堂等31人为常务委员，丁玲等158人为委员。

11月22日，中国人民保卫世界和平反对美国侵略委员会就当前的任务发出通告：

1. 号召社会各界进行广泛的宣传教育，唤起全国人民对美国侵略者的同仇敌忾。

2. 各大行政区、省市应立即将原两团体合并改组或新成立中国人民保卫世界和平反对美国侵略委员会的分会。

3. 各地分会领导和推动当地人民进行抗美援朝、保家卫国的志愿活动，不再成立工厂、学校等基层性质的分会。

4. 要把群众的爱国热情正确地引导到实际工作中去，使抗美援朝、保家卫国运动和坚持自己岗位的任务相结合。

5. 各分会要和总会建立经常性联系，把活动情况随时通报总会。

此后，中国人民保卫世界和平反对美国侵略委员会不断发出通告和号召，领导全国人民开展轰轰烈烈的抗美援朝、保家卫国运动。

从1950年10月至1953年9月，该会先后发出重要通知、通告、号召、声明等30多次，具体指导抗美援朝运动每一阶段的工作。在全国开展以“仇视、鄙视、蔑视”为中心内容的抗美援朝爱国宣传教育活动；动员参军、参战、支前；组织全国人民捐献武器；三次组织中国人民慰问团赴朝鲜慰问中国人民志愿军、朝鲜人民军和朝鲜人民；发起给中国人民志愿军和朝鲜人民军写慰问信、缝制慰问袋活动；并开展拥军优属、订立爱国公约等活动。

中国人民保卫世界和平反对美国侵略委员会为保卫世界和平、反对美国侵略、支援抗美援朝战争的胜利，作出了重要贡献。

1951 年 3 月 14 日，抗美援朝总会发出一个通告：

> 努力普及深入抗美援朝的实际工作和宣传教育工作，务使全国每一处每一人都受到这个爱国教育，都能积极参加这个爱国行动。

到 5 月 30 日，全国人民就已捐款 1186 亿余元，捐献慰问袋 77 万多个，慰问品 126 万多件。

1951 年 6 月，抗美援朝总会发出通告，号召全国各界同胞捐献飞机、大炮。此后中华全国总工会、全国妇联、青年团中央、全国青年联合会、中国红十字会等人民团体纷纷发表宣言、通告，号召各界同胞积极捐献。

到 9 月 25 日为止，共捐献飞机 2481 架，捐款入库的达 9970 亿元。

各民主党派联合发表宣言

1950年10月26日，反对美国侵略全国委员会成立后，东北、华北、华东、中南、西南、西北和内蒙古相继成立总分会。各省、市成立分会，具体领导各大行政区和各省、市的抗美援朝运动。

11月4日，中国共产党和各民主党派联合发表宣言，拥护全国人民的正义要求，拥护全国人民在志愿基础上为抗美援朝、保家卫国的神圣任务而奋斗。宣言指出：

以美国为首的帝国主义者侵略朝鲜的行动正在严重地威胁着中国的安全。全中国人民早已集中注视美国侵略者在朝鲜的行动以及在中国领土、领空、领海上的行动。

帝国主义者的侵略野心是无止境的。美帝国主义者在今年6月25日发动侵朝战争，他们的阴谋绝对不止于摧毁朝鲜民主主义人民共和国，他们要并吞朝鲜，他们要侵略中国，他们要统治亚洲，他们要征服全世界。

唇亡则齿寒，户破则堂危。中国人民支援朝鲜人民的抗美战争不止是道义上的责任，而且和我国全体人民的切身利害密切地关联着，是为自卫的必要性所决定的。救邻即是自救，保卫祖国必须支援朝鲜人民。

全国人民现已广泛地热烈地要求用志愿的行动为着抗美援朝、保家卫国的神圣任务而奋斗。这种要求是完全合理的，完全合乎正义的。诚如周恩来总理所说：“中国人民绝不能容忍外国的侵略，也不能听任帝国主义者对自己的邻人肆行侵略而置之不理。”这两句话是代表中国4.7亿人民说的，它反映了人民的意志，体现了人民的要求。中国全体人民团结一致，保卫家乡，保卫祖国，保卫和平的坚强意志，是无论如何也不能摧毁的。

宣言最后说：

正义是在我们方面，是在中国、朝鲜、越南、菲律宾的人民方面，是在全亚洲的人民方面，是在全世界爱好和平的人民方面。帝国主义侵略者是违反正义的，是丧失同情的，是自陷于孤立的。侵略者必定要走向最后失败，而最后胜利必归于正义的人民。

中国各民主党派誓以全力拥护全国人民的正义要求，拥护全国人民在志愿基础上为着抗美援朝、保家卫国的神圣任务而奋斗。

　　宣言发表以后，全国迅速掀起轰轰烈烈的抗美援朝、保家卫国的群众运动。

　　各民主党派分别在各自党派内部发出指示，动员其成员积极投入抗美援朝的伟大斗争。

　　当时，中国人民志愿军和朝鲜人民军一起，在朝鲜战场上连续取得胜利，扭转了朝鲜的战局，使全国各阶层人民及全世界一切爱好和平的国家和人民受到巨大鼓舞，中国人民民主统一战线更加巩固团结，爱国主义热情更加高昂。

全民动员抗美援朝

1950年11月8日下午，中国人民保卫世界和平反对美国侵略委员会北京市分会在中山公园中山堂举行成立大会。

北京市各民主党派、人民团体以及工人、学生等代表共约700人出席了大会。中国人民保卫世界和平反对美国侵略委员会副主席彭真、陈叔通曾亲自到会指导。

大会首先通过下列11人为主席团：张奚若、刘仁、吴晗、许德珩、曾昭抡、舒舍予、宁武、李乐光、林汉达、凌其峻、丘锷仑。

张奚若代表主席团致开会辞，他用洪亮的声音说：

我们是诚心诚意要保卫世界和平，但我们需要的是真正的民主自由的和平，不是无条件的和平，不是让别人骑在我们头上我们也都不敢反抗的奴隶的和平。我们中国人民已经站立起来了，站起来的中国人民是不需要这种“和平”的。“人不犯我，我不犯人”。现在美帝国主义扩大侵略朝鲜的战争，危及我们祖国的安全，我们中国人民只有应战，反抗侵略保卫祖国。这样，才能保卫真正的世界和平。我们有

把握打败美帝国主义，因为他们有的我们也有，而我们有的他们却没有。

顿时，会场响起热烈的掌声。

接着，张奚若强调说：

我们有一个法宝，是敌人永远不能有的，这就是在中国共产党领导下的全国团结一致的人心。中朝两国在历史上是兄弟民族，唇齿相依。在我们解放战争中，朝鲜人民给予我们很大帮助；在道义上讲，现在朝鲜有难，我们不能坐视不救。而且，世界上和平阵营是不可分割的，我们也正是美帝侵略的对象。因此，在利害关系上说，帮助朝鲜也就是帮助自己。

张奚若最后说：

总起来说，要保卫世界和平，必须反对美帝侵略，要反对美帝侵略，就必须以实际行动援助朝鲜人民。不然就都是空话。我们有中国共产党和毛主席的领导，胜利一定属于我们，这是毫无问题的！

在雷鸣般的掌声结束后，中国人民保卫世界和平反对美国侵略委员会副主席陈叔通讲话，他说：

> 北京分会在全国人民以志愿行动热烈援助朝鲜友邦的时候宣告成立，是有重大意义的。我们要和平，而美帝国主义首先以侵略来破坏和平，因之我们要保卫和平就得反对美帝的侵略。近来我们各地志愿援朝的行动，就是认清了只有反抗侵略才能保卫和平。现在全国各地人民参加志愿军，固然是为了援朝，也是保家卫国。

陈叔通的讲话同样受到热烈的欢迎。接着，各民主党派代表、民盟北京市支部主任委员吴晗说：

> 中国人民保卫世界和平反对美国侵略委员会北京市分会的成立，代表了北京市200万人民的意志。美帝是中国人民的死敌，处心积虑要侵略中国，不顾中国人民多次警告，侵略朝鲜、台湾，并进一步企图侵略我东北。全国人民忍无可忍，一致要求反抗美帝侵略支援朝鲜保家卫国。我们要建设人民自己的国家，必须击退侵略者。全国人民要紧紧团结在一起，用努力工作、加紧生产和一切有效行动使抗美援朝、保家卫国的胜利加速完成。

人民团体代表、北京市文学艺术工作者联合会主席舒舍予激动地说：

美帝在两次世界大战中发了大财，现在又疯狂地扩大侵略战争。我们要想生活在和平的世界里，必须打倒侵略者，保卫和平是今天每一个中国人民的责任，要保卫和平必须帮助朝鲜人民击退美帝侵略。只有正义才有胜利。只有正义的胜利才有真正的和平。

工人代表、石景山发电厂厂长、老英雄刘英源说：

美帝侵略朝鲜为的是侵略我东北、侵略全中国。东北是中国门户。要是让它进了大门，它就想进二门，进了二门它就想上炕坐下来了。美帝还拿从前的态度来对待我们中国人，可是我们中国人民已经站立起来啦。我们要保卫祖国，保卫我们的建设。我们有信心完全可以打败美帝国主义。我们工人坚决表示：要以上前线杀敌，或是在后方积极生产、开展竞赛来支援朝鲜人民和中国人民志愿军部队。

学生代表魏萃一说：

各民主党派的联合宣言，说出了全北京市学生们心里的话，我们衷心拥护。为了保卫我们可爱的祖国，为了我们更美好的将来，我们一定要坚决打碎美帝国主义侵略阴谋。全市学生正在进行各种抗美援朝的实际工作，这就表现了我们青年学生抗美援朝、保家卫国的坚强意志。

中国国民党革命委员会北京市分部常委召集人宁武在讲话中说，以苏联为首的和平民主阵营的力量愈来愈强大。我们相信，朝鲜人民在全世界人民支援下，一定可以把美帝赶出朝鲜去。

大会在进行过程中一致通过中国人民保卫世界和平反对美国侵略委员会北京市分会委员名单，以及主席、副主席、常务委员及工作部门负责人名单。

最后，大会还通过“拥护各民主党派联合宣言的决议”，“决议”指出：

美帝国主义者正袭用着当年日寇侵略中国的故伎，不顾中国人民屡次的严正抗议和警告，把侵略朝鲜战争的火焰扩大到中国边境，严重地威胁着我国的安全。全国人民现已广泛地热烈地掀起了志愿抗美援朝、保家卫国的热潮。

各民主党派的联合宣言，不仅拥护，同时也体现了全国人民的意志和要求，我们竭诚地拥护，并誓以实际行动来粉碎美帝国主义者的狂妄侵略行为，以达到抗美援朝、保家卫国的神圣任务的目的。

“决议”的发表，为团结人民、支援前线发挥了巨大的作用。

慰问团赴朝慰问前线军民

1950年11月4日，全国自然科学联合会、全国科普协会、社会科学研究会、全国妇联、全国青联等人民团体纷纷发表宣言，拥护中共中央和各民主党派的联合宣言，号召广大群众行动起来，积极参加抗美援朝、保家卫国运动。

11月27日，全国政协与各民主党派举行联席会议，于12月1日发出《关于各民主党派、人民团体对慰劳中国人民志愿军和朝鲜人民军运动的协议的通知》。

1951年1月22日，反对美国侵略委员会发出通知：

为了慰问在朝鲜前线英勇作战反对美国侵略的中国人民志愿军和朝鲜人民军，我们现在决定组织中国人民慰问团前往朝鲜去慰问，其组织办法如下：

1. 本会与首都各界及各地来京代表组成“中国人民慰问团总团”。各大行政区分会与各界组织慰问分团，每团人数以50人左右为宜，由各地和大分会邀请各人民团体和其他各方面代表共同筹备，并推派代表和若干工作人员组成之。每团设团长、副团长、秘书长，以统一

领导。

慰问团除了对前线指战员进行慰问工作外，并将实际地搜集关于中国人民志愿军和朝鲜人民军英勇作战的事迹和美帝国主义野蛮残暴的罪行及其外强中干的材料，回国后向各阶层人民作系统报导，以扩大抗美援朝的宣传工作，进一步提高全国人民反对美国侵略保卫世界和平的决心和胜利的信心，扩大全国人民的爱国主义运动。

2. 各慰问分团请于2月10日到天津集中，以便与总团会合后一同赴朝，西北、西南如因路途遥远交通不便、时间短促来不及时，可自行斟酌少来一些代表和工作人员。

3. 各地分会所募集的并拟由慰问团携带的慰劳品和慰问信件、书报等，望尽可能于2月10号前运一部分到天津集中。所募集的捐款将由总会委托贸易公司统一购置慰劳品运去。

4. 望各大行政区分会即邀请当地各团体及各有关方面进行筹备，并将筹备情形随时报告本会。

1951年4月，第一届中国人民慰问团正式组建完毕，这支宏大的赴朝慰问团团长是中共中央委员、宣传部副部长廖承志，副团长是陈沂和田汉。

赴朝慰问团由8个分团575名各界代表和文艺工作者组成，还携带了全国千千万万人民所虔诚献赠的1093面锦旗、420余万元慰问金、2000余箱慰问品及1.5万多封充满深情的慰问信。

这些信件的内容极为动人和丰富。各界人民在信中写下了他们抗美援朝的决心和誓言，写下了他们对朝鲜前线军民的热爱、崇敬和支持。这些充满热情的信件，将极大地鼓舞中、朝人民军队和朝鲜人民。

当时，根据朝鲜战地情况，中国政府决定多动员曲艺界的著名演员赴朝参加慰问演出，成立一个中国人民赴朝鲜慰问团曲艺服务大队，跟总团一起活动。

慰问团代表中包括全国各地区、各阶层、各党派、各团体，人民解放军和汉、蒙、回、维吾尔、哈萨克、土族各民族及台湾人民的代表，并有全国著名的劳动模范、教授、科学家、作家、诗人、画家、音乐家、演员和工商业家。

随慰问团前往朝鲜的文艺工作者共210人，其中有由北京、天津两地曲艺界中出色的民间艺人所组成的曲艺服务大队，从苏联表演归国的中华杂技团与国立音乐学院音乐工作团共同组成的文艺工作团，及华东、中南、西南各分团所属的3个文艺工作队。慰问团的代表们来自全国各地，最远的新疆少数民族代表的路程达6000公里。

各地一些曲艺演员纷纷表示参加赴朝演出。连阔如、侯宝林、曹宝禄、常宝坤、高元钧、魏喜奎、良小楼、关学曾等数十位曲艺界的著名演员都来到这个大队，阵容空前。

慰问团离开北京赴朝时，中国人民抗美援朝总会曾举行盛大的欢送会。

该会主席郭沫若在致欢送词时指出：

> 慰问团赴朝的任务，首先是要将全中国人民对中国人民志愿军、朝鲜人民军和朝鲜人民的热爱与感激和全国人民抗美援朝的坚强决心，带到朝鲜前线去，鼓舞中朝战士和朝鲜人民更高的、持久不懈的战斗意志；然后再将中朝军民在前方英勇奋斗、艰苦斗争的光辉事迹和志愿军战士们对祖国人民的关怀与期望，带回祖国，传达给全国人民，进一步加强与深入抗美援朝的伟大爱国运动。

慰问团全体团员就肩负了这样光荣的战斗任务前往朝鲜。

4月15日，慰问团刚刚到达安东市不久，美国飞机就野蛮疯狂地轰炸安东，慰问团驻地附近的民房被美机炸毁，群众也有伤亡。

轰炸结束后，中国著名相声大师侯宝林用廖承志的广东国语向大家问道："在美机轰炸时，有丢帽子的没有？丢帽子的请举手！”

大家对这个问题，丈二和尚摸不着头脑，无一人举手。正在你瞧我，我看你之时，侯宝林摘下自己头上的帽子自问自答地说：

> 你们看，这是我的帽子，美机轰炸时一直戴在头上，咱们在北京、沈阳听说，美机厉害得可以飞下来抓走人头顶上的帽子，就算那回事？

侯宝林的话还没说完，已引得全体人员哄堂大笑起来。

在安东市，团长廖承志作动员报告。副团长、总政文化部部长陈沂和周培源教授先后讲了话。

慰问团按计划17日晚乘汽车过鸭绿江，但当天上午鸭绿江大桥遭“联合国军”飞机轰炸，经军民奋力抢修，直到17日深夜慰问团才过了鸭绿江。

慰问团跨过鸭绿江的当晚，廖承志站在大桥北岸，目送曲艺服务大队的车队开上江桥，廖承志特意把记者刘大为叫到他的面前，语重心长地对他说：

> 咱们赴朝慰问团是由“国粹”和“国宝”组成的。“国粹”就是指各位代表，他们都是我们民族的精华，“国宝”就是你们团曲艺大队的

这些演员。你们带领这些“国宝”跨过江，就到了朝鲜战场，情况就紧张了，一定要万分小心慎重。

说完，廖承志登上吉普车，和大家一起渡过了鸭绿江。

20日晚，慰问团进入前线城市。这地方是交通要道，已被美军飞机炸成一片废墟。美军飞机每天要轰炸数遍，慰问团的司机要乘照明弹落下时，发动汽车猛冲，方能躲过美军飞机轰炸。

到了志愿军总部后，慰问团才得知第五次战役马上开始，部队的战前准备非常紧张。

汤铭和北京市工商联的汤绍远、天津市妇联的岳淑卿编为一组，前去慰问解放过宁夏的六十三军的志愿军指战员。

当时，汤铭28岁，在宁夏军区政治部任协理员，作为解放军代表，由宁夏军区派遣。

1951年1月，宁夏派出了4名代表去朝鲜慰问，宁夏回族宗教界代表、宁夏政治协商委员会副主席腾霭，民革宁夏分部筹委会常务委员、宁夏政治协商委员会秘书长雷启霖，宁夏工会主席吴瑞旺和汤铭。

1月10日，4人由银川动身前往西安，在路上就走了5天。西北五省的代表在西安集中了两个月左右，在西安过的春节。

3 月上旬，“西北区团”更名为“中国人民慰问团西北分团”，西北局决定将宁夏的代表名额减为两名，经协商决定由雷启霖和汤铭作为宁夏代表参加西北分团赴朝慰问。

西北分团团长李敷仁是陕西省民主人士。西北分团秘书长亚马是西北艺术学院党委书记。来自西北五省的代表为团员，分团共 30 人左右。

3 月 20 日，各分团都集中到天津，组成“中国人民赴朝慰问团”。

3 月底各分团分开走，4 月初汇集沈阳。到沈阳后又决定将各省的代表打乱重新编团，共编了 9 个分团，并决定一至六分团过江赴朝慰问，七、八、九分团到东三省慰问志愿军伤病员。

雷启霖编在七分团，到沈阳、吉林慰问伤病员。五分团主要是京、津两市的代表，分团长张明鹤是北京市公安局局长。

整编后分团在沈阳集训了半个月，主要是各分团组织学习，明确下达的任务，讲解注意事项。

各分团都配备了一支文艺演出队，北京、天津文艺界派出侯宝林、常宝坤等著名演员随团赴朝前线进行慰问演出。

汤铭在五分团担任分队长，同时负责保护地方人员的安全。汤铭后来回忆说：

我戎马一生，平生遇到的生死关头不少，但参加首届中国人民赴朝慰问团的经历使我终生难忘。在伟大的抗美援朝运动中，把中国人民志愿军、中国各族人民保卫世界和平作出的巨大牺牲和贡献记录下来，留给后人，以史鉴今……

汤铭的话，说出了慰问团所有人的心声。

二、 全民参与

●参加游行的一个老大娘兴奋地擦着眼泪说："屋角的秫秸也竖起来了，咱也能管国家大事了。"

●村民张起激动地说："如果国家需要，我让我的 4 个儿子全都参军到朝鲜前线。"

●施宗恕校长指出："目前我们的抗美援朝运动已由宣传工作转入了一个新阶段。"

工人农民以实际行动支援前线

1950年11月，反对美国强盗扩大侵略战争的怒火，已燃烧到旅大农村。旅大各地农民，对美帝的血腥侵略，无不发指，纷纷集会座谈，并以自己刚学会的字写了抗议书。他们决心以积极完成秋耕、踊跃归还农贷、储蓄等实际行动，抗议美帝扩大侵略战争。

当时，来自农村的抗议书、慰问信、决心书及反美侵略生产学习计划等函件有534件之多。来函中都充满了对美帝的仇恨。

一位农村教师高永善在给安东被美机扫射死伤的同胞的一封慰问信中写道：

> 美帝国主义的枪弹损伤你们的健康和生命，
> 我们不能忘记这笔血债，将永远记在我们心里，
> 做好充分准备，替你们报仇！

金县第八区华家村共产党员贾继武做出个人冬季生产、工作、学习计划，报告区委，并转交报社，贾继武说："我要以积极生产和领导好生产的行动，保卫祖国。"

通过座谈，农民更认识到美国强盗的血腥面貌。

旅大市郊大辛寨子镇农民，在民校座谈美帝侵略兽

行时，农民于安庆咬牙切齿地说：“这条没长心肺的疯狗——美帝，扩大侵略战争，我要用我的镢头，把它的狗脑袋砸开，叫它死在我们手下，让它尝尝中国人民的厉害！”

农民关恒心也说：

> 共产党领导咱刚刚直起腰来，分了房子，分了地，生活也一天比一天强起来，谁要破坏这个生活，那就是自挖坟墓自找死。

金县第八区全区妇女干部、金州市郊八里村农民、金县第十区岔山村互助组组员、金县第六区中心小学全校师生等，都开了座谈会，除痛斥美帝的侵略兽行外，都表示在各个不同的岗位上，百倍紧张起来，努力生产、学习、工作，并要进一步提高警惕性，粉碎美蒋匪特的阴谋活动。

各地农民把愤恨化为力量，生产情绪更为高涨。旅大市郊后革镇堡村，此次为了以实际行动反对美帝侵略，该村已有50多名农民组织起来刨茬子，保证完成全村秋耕地。

旅大市郊郭家沟村果园户王家昌，在果园管理上更加细心，当年已买妥50片豆饼，准备“喂”树，并刨出4亩多果园地。除此之外，还买了一大缸农药水、拉锄、肥料等，准备好了足够来年生产用的一切物资。他说：

“只有把生产搞好，国家才会更强，新中国的建设才会更好，最后一定能消灭侵犯我们的战争罪犯。”

金县第十区山后村为了增强国防力量，农民踊跃还农贷。该村93户共欠政府4215公斤贷粮，在此次反美侵略学习中，农民受到了启发，认识到加强国防建设，是击败美帝侵略的有力保证，仅一天工夫就将所欠农贷全部缴上了。

50多岁的陈玉兰老大娘说：

我把农贷早早缴上，也是反对美国强盗的一份力量。

旅大工人正把对美帝国主义的千仇万恨化为力量，发挥高度的劳动热忱，多出力气，多动脑筋，用各种办法提高生产，增强国家力量。

早一点钟完成任务，就早一点钟打败侵略者！利华铁厂的工友在压延机上或机器旁边的铁板上，都画满了麦克阿瑟等战犯的丑相，压延工人们在画的旁边写着“用压延机来抽你的筋”。该厂各生产组互相挑战应战后，生产成绩一组比一组高。

远电金属机械工厂金构场，10月20日开展反美侵略生产竞赛后，工作中，工人们连烟都顾不得吸。工人们愤恨地说：“美国鬼，我们有铁拳头！”

在大家紧张的工作下，任务提前两天完成。电火工人为在反美侵略生产竞赛中把质量提高一步，每一工作都是专人负责。过去焊完后的药皮，都是找三级工人来打，这次却是谁焊完谁打，因此节省了人工。在工人们“打掉焊药等于打倒蒋介石；检查质量好，美国强盗一个也跑不了”的口号下，质量已比过去提高了很多。

10月最后一天，铁路工厂台车分厂的全月任务就剩下一台冷藏车未完成，车床班的工友刚接班，张龙江班长急急忙忙地跑到车轮组，一面指着车轮，一面对工友们说：

> 咱们要加劲干，提前一点钟完成任务，就是提前一点钟消灭美国强盗！

工友们一听都说：“对！”

青年工友杨贞方一面把着活，一面自己计划着：“一台车是8个轮，现在已经完成7个啦，还剩一个轮，要按过去干8小时算，这个任务就完不成啦。”他聚精会神，把电门一推，车床上的一个车轮像盘磨似的转起来，他把车床刀往上一插，铁末子像飞一样向四周溅起来。

铁路工厂是11时吃午饭，已经到了12时，杨贞方一点也没觉着饿，美滋滋地望着这个仅用4小时完成的车轮，脸上表现得特别愉快。当顶床工友把车轮顶在车轴上时，先进工作者王振发更不怠慢，他顺手把小吊一拉，吊着这副车轮放在自己床子上，又对和他一块干活的李

怀德工友说："这就是消灭美国侵略者的时候，要把精神抖起来！"

李怀德点了点头说："保证提前把它消灭！"

铁路工厂台车分厂车床工人赖玉声，在抗美援朝、保家卫国的生产竞赛中，创造了6小时30分钟车18个货车车轮的新纪录。

11月，他们小组4个人，决心完成300根车轴，并且要保证质量好。恰巧这时，赖玉声的母亲肺病严重，从家乡福山一连来了两封挂号信，催他回去。

赖玉声回信告诉母亲说：

> 美帝这样疯狂侵略我们的友邻朝鲜，它的军用飞机侵入我们领空，扫射我们同胞。美国飞机还侵入咱们故乡福山的事，母亲是看到了的。美帝这种卑鄙无耻的手段比日本鬼子还毒，我为了增强祖国力量，保卫祖国与母亲你，我不能回去。我要在生产中争取当上一个光荣的共产党员和抗美侵略生产模范。

旅大机械电极厂工人，当他们紧张地烧完了一窑电极之后，上级叫他们休息时，组长李延佑和曲存武说："不用休息，我们工人阶级一想起敌人就有了力量，保证一个人能当两个人用。"他们气愤地说："我们恨不得一火钩子打死那美国鬼子！"第二天，他们两个人就干了4

个人的活。

10 月 17 日，烧装电极的时候，李延佑组长合理分工，144 个钟点的活，96 个钟点就完成了。两个人的烧炉工作一个人就干了。这是李延佑组长合理分工，大家一齐努力的结果。

赵锦文说：“提前完成一钟点，美国鬼子就早死亡一钟点。”在这次反美侵略生产竞赛当中，李延佑同志想出了办法：装完电极，前面理烟筒，后面就装盖耐火砖，节省工时 30% 。

旅大机械电极场工人宋明义说：“我今年 60 多了，这一辈子才过两年好日子，美帝又想来捣乱，我恨不能拿菜刀去把他们劈死。”

远电水泥工厂装车、包装两车间工友在反美侵略生产竞赛中，工作效率提高了很多。

妇女界积极参与抗美援朝运动

1950年11月12日，中共北京市委就关于抗美援朝运动的开展情况向毛泽东、中央华北局作了报告。报告分析了本市抗美援朝运动的形势，群众的思想情况，以及已经萌发的偏向。

这份报告提出把抗美援朝运动继续推向前进的意见：

首先应以肃清美帝国主义在华的影响，肃清部分群众中的崇美、恐美心理，孤立打击亲美分子为中心。不应强调动员群众参军，尤其不应勉强群众参军。

群众抗美援朝的具体行动，应该是多种多样的，应该以多数群众可能办到的事情来号召。例如，给前线志愿军部队写慰问信、寄慰问袋，慰劳军属并帮助他们解决困难，分担志愿军部队原来的工作，自愿捐款及参加战地各种服务工作等。

经过思想酝酿和扩大宣传，普遍号召工人高度发扬工人阶级的积极性，努力生产节约；号召学生继续抗美宣传，努力学习，掌握知识、技术，准备为祖国服务；号召机关工作人员提高工作效率，做好工作；号召工商界积极贯彻政府政策，反对投机操纵、囤积居奇，在经济战线上开展抗美援朝运动。各阶层人民都需注意防特防谍，巩固革命秩序。

在郊区扩大抗美援朝运动。

当天，毛泽东对报告作出批示：

北京市委11月12日的报告是正确的，你们亦应照着这个方向去做；并随时纠正抗美援朝运动中所发生的偏向。

抗美援朝是中华人民共和国成立初期，在中国共产党领导下保家卫国的一次正义战争。围绕这一战争开展的、有全国各族人民参加的抗美援朝运动，又是一场成功的爱国主义、国际主义教育运动。

北京各界也和全国人民一样，在市委的正确领导下，积极响应党和国家的号召，义无反顾、满腔热情地投身到抗美援朝的伟大斗争之中；广泛深入地进行抗美援朝的宣传和组织工作，大力开展支前捐献和爱国公约活动，为抗美援朝的伟大胜利作出了重要贡献。

1950年11月初，北京市中苏友好协会全体工作人员发表声明，坚决拥护抗美援朝。他们在声明中严正指出：

1. 中国与朝鲜是兄弟般唇齿相依的国家，美帝也是我国人民最凶恶的敌人。敌人正企图走日本帝国主义的老路，把朝鲜当做侵占中国和进犯苏联的跳板。现在敌人已经直接威胁着我们的安全，“唇亡齿寒”，我们觉得对这种情势绝不应也不能坐视。

2. 美帝虽然已从中国大陆上被赶走，但它霸占了我国的领土台湾，直接以武装援助蒋介石匪帮，并一再进犯我国东北和山东的领空，侵入我国领海，袭击我国船只，屠杀和损害我国人民的生命和财产……

3. 敌人破坏了一切国际公法，违背了联合国宪章……

4. 我们是爱好和平的，但我们并不要虚假的在世界主义和民族主义伪装下的和平，因为我们不愿在帝国主义和压迫阶级的奴役和统治下做牛马奴隶；我们反对战争……但也绝不害怕战争。

5. 和平受到了严重的威胁和破坏，敌人正在扩大侵略。因此，中国人民在这个时候支援朝鲜人民的正义战争，正是保卫东方和平和世界和平最有效的方法。

朝鲜战争打响以后，北京广大妇女密切关注着战争形势的发展变化，看到美帝国主义悍然把战火烧到我国东北边境，事态岌岌可危。绝大多数妇女同胞对美帝的野蛮侵略行径表现出无比愤慨，并予以强烈谴责；对党中央、毛泽东作出的抗美援朝的重大战略决策，表示坚决拥护和支持；对我志愿军部队抗美援朝、保家卫国的英勇壮举，表示钦佩和感动，凸显出强烈的爱国精神和旺盛的参与热情。

为了充分认识抗美援朝运动的伟大意义，更广泛地宣传和动员群众，最大限度地调动和激发广大市民的爱国热情，在北京市委领导下，市妇联会同其他群众团体广泛深入地进行宣传教育工作，进一步提升了妇女界的思想觉悟。

早在1950年7月18日，市妇联会同市总工会、团市委等群众团体，积极响应中国抗美援朝总会的号召，开展了“反对美国侵略运动周”活动，逐渐有所觉悟的广大妇女纷纷走上街头，利用张贴标语，漫画，戏剧，曲艺，图片展览，控诉会等形式宣传抗美援朝。

女三中成立了多个家庭访问小组，走村串户进行宣传；协和医院的女护士用图片展览的方法，揭露帝国主义分子用中国人做医学试验的罪行；清河镇女团支部书记曾翠英4天中向50人作了深入宣传，群众说她：“三句话不离抗美援朝”。

尤其是第五区十一派出所的陈大妈毛遂自荐担任宣传小组组长，领受任务后她高兴地说：

包工作好比泥瓦匠，宣传好比盖瓦房，这个工作一定要彻底，谁要不懂就向谁讲。

各级妇联还通过组建学习小组、开办夜校等形式，扩大宣传范围，做到不留死角。

1951 年 4 月 2 日，北京市妇联普及抗美援朝宣传情况中这样写道："许多派出所都建立了《北京妇女》阅读小组，以《北京妇女》为经常学习材料。""凡开始进行控诉的区，妇女控诉的很多，而且很生动。"

北京长辛店的一位老大娘，说着自己编的快板进行宣传，跑了 20 多个车站。人们问她为什么这样，她顺口一段快板回答："从解放，到如今，我前后好像两个人；共产党领导得好，我 55 岁还不老。"

西城区二龙街高玉泉、张杨氏两位老大娘，用白布剪成和平鸽的图案，连同写着"反对美帝侵略台湾、朝鲜签名运动"的字条一起缝在身上，拿着钢笔、墨水瓶、签名册子，带着干粮，到大街、胡同、学校、公园去宣传动员。从 7 月 27 日起，一个星期内她们征集到 8234 人的签名。有人问签名干什么。她们理直气壮地回答：

"签一个名，就等于一颗子弹，我们用它来打垮美帝国主义的侵略。"

她们的行动集中体现了北京广大妇女对侵略者的无比仇恨，对和平生活的无限向往。

十区东坝村女团员王兰英还自觉召集女团员和妇女座谈抗美援朝，并提出要为抗美援朝义务劳动挖渠一天。第二天她便带领30多名妇女行动起来，结果一条1.5米宽，20多米长的渠，两个多小时就完成了。

在抗美援朝运动的初期，北京妇女界的活动还仅仅局限在自发和分散的阶段，因为组织上的不健全，宣传的力度不够大，参与的广度和深度还远远不够，大多是一些零星分散的小规模活动。

为了统一领导北京妇女界的抗美援朝运动，1950年11月9日，北京市妇女界抗美援朝、保家卫国委员会正式成立，由女工、农妇、女学生、女教员、女干部及医务、保育、文艺工作者等各界妇女代表90人组成。并选出常委36名，常委会下设宣传、联络、行动、秘书处4部。健全的组织，坚强的领导，推动了北京妇女界抗美援朝运动的不断深入，参与人数逐渐多了起来，并形成了一定规模。

11月25日，北京市妇女界抗美援朝、保家卫国委员会在女三中礼堂举行演讲会，各界妇女1000多人出席听讲。

1951年1月28日，北京妇女界在故宫太和殿前举行了声势浩大的抗美援朝、反对美帝重新武装日本的爱国大会。

全国妇联主席蔡畅、朝鲜驻华大使夫人金云竹出席大会并讲话，北京各界妇女代表相继发言。大会还通过了向毛泽东、国际妇联、全国妇联、志愿军、朝鲜人民军的致敬电，向朝鲜民主妇女总同盟的慰问电，以及对日本政府的警告电。

会后举行游行示威。这次爱国大会是北京妇女举行的规模最大、情绪最高的一次爱国运动。原计划动员3.5万人，参加的却有4.5万多人，其中有2.3万多名家庭妇女，有1.5万多人是有生以来第一次参加政治活动，包括修女、尼姑和六七十岁的老太太。仅辅仁女中就有400多名同学参加了游行。

由于这次爱国示威是北京妇女界单独的政治活动，大大提高了妇女主人翁的意识。参加游行的一个老大娘兴奋地擦着眼泪说："屋角的秫秸也竖起来了，咱也能管国家大事了。"

很多过去不愿开会的妇女也积极参加各种会议了。一些妇女反映：要不是毛主席，就不会有妇女的大游行。这次长了见识，下次就敢出来了。毫无疑问，这次爱国大会不仅彰显了北京妇女在抗美援朝运动中的巨大能量，而且对唤醒和凝聚各阶层广大妇女参与抗美援朝运动起到了动员和催化作用。

有了组织和参与大规模游行示威的经验，北京市广大妇女胆子更壮了，热情也更高了，以各种方式参与抗美援朝运动已经成为大家的自觉行动。

1951年3月8日，首都各界妇女20多万人在劳动人民文化宫举行游园大会，借欢度"三八"妇女节之机，控诉美帝国主义侵略朝鲜的罪行。

4月24日，北京市妇联、北京电台联合举办北京市妇女反对美国武装日本广播控诉大会。电台设中心会场，同时各街道、胡同、宅院、商店及各公共场所设立分会场，听众达40多万人。

10月12日，北京市5000多名妇女集会，听取志愿军归国代表、战斗英雄的报告。这些活动都集中展示了北京妇女界团结一心的爱国热情和有序参与革命活动的历史足迹。

这些生动感人的事例充分说明，抗美援朝运动已经深入人心。北京妇女积累了大量抗击外侵、反对封建活动的丰富经验，因此对抗美援朝运动的组织更加有力。

文艺界大力开展各项宣传活动

1950年10月30日，天津市文学艺术界举行抗美援朝座谈会。参加座谈的有文联、文协、剧协、音协、美协负责人阿英、鲁藜、萧长华等30余人。

在座谈中，大家一致认为：

文学艺术界应立即行动起来，发挥文艺武器的力量，运用各种形式，进行抗美援朝的宣传活动，揭露美帝侵略的真面目，根据群众思想情况，教育人民为抗击美帝侵略、援助朝鲜、保卫世界和平、保卫祖国而斗争。

在座谈中，大家根据一般的观察，认为目前在群众中有这样三种糊涂思想需要进行教育：

一是有些人对美帝国主义的侵略本质认识不清，盲目地相信和平，不了解美帝的侵略和日本过去的侵略是一样的，他想要强占亚洲、欧洲，而独霸世界。

二是盲目崇拜美国的物质文明，特别是某些曾受过英美教育的知识分子。

三是过高估计美帝的力量。另外，有人提出有少数奸商及发过国难财的人，他们不顾人民利益，妄想在战争中投机发财。

在座谈中，天津市文艺界积极动员起来，把抗美援朝的宣传工作，作为文联各协会的中心任务。

大家宣称：

我们广大中国人民对打败侵略、保卫和平是有信心的，因为我们有了以毛主席为首的中国共产党的领导，我们有以苏联为首的强大的爱好和平民主力量的支持。美帝到处张牙舞爪，这正是它最后没落和疯狂挣扎的表现。

文艺工作者应运用各种文艺的武器，加强宣传，使群众认识到世界爱好和平人民的力量和民族的自尊心，揭露美帝的侵略本质，仇视和鄙视这些杀人的野兽。

曲艺界准备创作各种抗美援朝的曲艺，在群众中演出。美术工作者准备根据“美帝侵华史”制作连环画及幻灯。文学、戏剧及音乐工作者也都在准备创作精短和有战斗性的作品，向群众进行宣传教育。

在会议最后，天津市文联主席走上讲话席发言：

天津市文联有组织的文艺工作者有1000人，再加上分散的文艺工作者共有五六千人，这一支文艺军队应立即动员起来。首先由各协会分别进行思想教育，然后组织一切文艺工作者，展开抗美援朝、保家卫国的宣传工作。

11月4日，中华全国文学艺术界联合会第六次常委会扩大会议作出决议，号召文艺界展开抗美援朝宣传工作。决议指出：

朝鲜民主主义人民共和国是我们亲密的兄弟国家，朝鲜人民曾和我们并肩作战，打倒了日本帝国主义。我们是患难与共，甘苦同尝的战友。由于美帝国主义疯狂地扩大侵略战争的火焰，中国人民与朝鲜人民的安危祸福是更加紧密地联结在一起了……中国人民热烈地爱好和平，但是为了保卫和平，绝不害怕反抗侵略的战争。

决议还说：

中国文学艺术界一贯地为人民解放事业而服务，一贯地发扬爱祖国、爱人民，反对帝国主义、反对侵略的光荣传统。现在在全国人民中已开始热烈地展开了抗美援朝、保家卫国的自发的运动，文学艺术界应该支持这个运动，参加这个运动。我们要用文学艺术的形式来揭露美帝国主义梦想独霸世界的狂妄的野心，拆穿他们的一切阴谋诡计，控诉他们的一切残暴、无耻、卑怯的侵略罪行。

决议号召，中华全国文学艺术界联合会号召文联所属各协会及全国各地方文艺组织，一致行动起来，通过各种活动，广泛展开抗美援朝、保家卫国的宣传运动：

1. 广泛动员作家写作，通过诗歌、活报、杂文、戏剧、电影、报告、小说、绘画、歌曲等形式做深入的普遍的宣传，特别要注意运用广大人民所最容易接受的图画、说唱、曲艺、活报、短剧等形式。

2. 建议全国文艺报刊，经常地有系统地刊载有关抗美援朝的文章与作品，增加时事性的杂文。

3. 建议全国各地文工团队、剧团进行抗美援朝的宣传。以活报、短剧、演唱、歌舞、曲艺等艺术形式向农村、工厂、部队进行抗美援朝的宣传活动。

4. 组织及教育民间艺人，使他们也能积极

而有效地参加这一宣传活动。通过他们来揭露并粉碎特务间谍分子所散布的无耻谣言。针对人民群众中一部分人对美帝尚缺乏认识的各种观点，进行抗美援朝的鼓动宣传。

5. 组织各种讲演会、座谈会、朗诵会。

6. 广泛地与全世界各国爱好和平民主的文学艺术团体以及作家艺术家建立更进一步的联系，交换作品，共同为保卫世界和平反对美帝侵略而斗争。

11月6日，为响应各民主党派联合宣言，北京市文艺界发表抗美援朝、保家卫国宣言，宣言指出：

我们北京文学艺术工作者，看到了各民主党派为全力拥护全国人民抗美援朝、保家卫国正义要求的联合宣言，愤慨填胸，热血沸腾。这是正义的呼声，庄严的宣誓。它代表着全国人民的要求，它代表着各民主党派团结一致抗美援朝的决心，它代表着胜利的中国人民的力量。

宣言庄重地指出：

我们曾有着“人类灵魂工程师”的光荣称

号，在这和平与战争的紧急关头，在正义与野蛮搏斗的年代，我们一定不能辱没这个光荣的称号。我们要举起我们的笔来，开始我们的行动。我们每一支笔，都是抗美援朝的有力武器，我们要用它来创作出各种形式的抗美援朝的作品。让作品中的每一个字，每一个音符，每一根线条都充满着愤怒与力量，像炸弹一样，像子弹一样，去射中敌人，鼓舞起人民抗美援朝、保家卫国的热情。

宣言最后说：

我们要组成一支强有力的文艺队伍，组成一支抗美援朝、保家卫国的文艺大军，我们北京市的文学艺术工作者，愿一起为这个抗美援朝、保家卫国的伟大斗争而服务。我们在全国人民面前庄严地宣誓：我们要为完成这个神圣任务贡献我们的一切。在必要时，我们愿意放下笔杆，拿起枪杆，来奋勇杀敌。我们要奋斗到底，驱逐美国侵略者退出中国，退出朝鲜，退出亚洲，求得全世界的真正和平！

抗美援朝、保家卫国运动，在首都市民中日益展开。很多工人、市民、家庭妇女，在他们平常学习、娱乐的

各个文化馆，参加时事座谈，控诉美帝侵略暴行，表示了支援朝鲜人民、保家卫国的决心。

这样的集会，第二、第四、第五、第六等文化馆都曾举行过。

早在10月30日，第三文化馆成人补习学校政治班50多位同学，举行控诉美帝暴行及时事讨论的座谈会。

在这次会上，傅长春控诉说：

1947年春，住在东单新开路口的美国兵，经常在马路上横着放爆竹，故意来崩马路上的中国行人。把人们吓得抱头乱跑，美兵却在一边哈哈大笑。

刘子玉控诉说：

1946年冬天的一个下午，美国鬼子大卡车在西直门外白石桥不听路警的指挥，把一个推车卖白菜的50多岁的老人撞死在大沟里。

张孝干说：

1945年秋天，我在东安市场卖风景照片，本是一元一套，美国鬼子一元硬拿10套。这还不算，几个美国兵还偷了40多套。我抓住他们，他们就拿出手枪来说："你要这个的？"

这些说不完的血债，都大大激起了对美帝国主义的愤恨。大家都一致表示要美帝国主义偿还我们的血债。刘子玉说："我们要保卫我们的祖国。即使是付出我们个人的生命，也要粉碎帝国主义的侵略。"

周瑞明说："我们要和朝鲜人民站在一起，决不允许帝国主义来杀害我们的邻人。"

贾月志说："美国侵略朝鲜，就是要来侵略中国。我们要号召全国人民起来彻底消灭帝国主义。"

当时，北京市第四文化馆接连收到好多市民的意见书，要求转给政府和报社，一致坚决主张以实际行动援助朝鲜人民。

该馆政治班207人集体意见书上写道："我们都是爱好和平的，我们都在斯德哥尔摩宣言上签了名。但是，当和平正被美帝破坏着的时候，当美帝用轰炸朝鲜妇女儿童来回答我们的和平呼吁的时候，尤其美帝的尖刀正往我们身上刺的时候，和平不能仅在于呼吁，我们应用尽一切力量来制止美帝的侵略，我们应用尽一切的力量来确保我们所需要的和平！"

内蒙古各族人民踊跃参军

1950年年底，地处内蒙古东部地区的哲里木盟各族人民同全国人民一道，热烈响应党中央的号召，投入到轰轰烈烈的抗美援朝、保家卫国的爱国运动之中。

1951年1月，中共哲里木盟地委先后召开旗县委书记会议和全盟宣传工作会议。

会议号召各级领导干部认清形势，转变思路，广泛深入开展以“抗美援朝、保家卫国”为中心的爱国主义、国际主义宣传教育活动，对调动全盟各族人民群众的积极性，全力以赴地参加抗美援朝运动，作具体部署。

1950年11月14日，内蒙古自治区各人民团体联合发表声明，愿与全国各族人民团结一致，抗美援朝、保家卫国，保卫世界和平。

哲里木盟各族人民热烈响应。各城镇、农村牧区纷纷集会，声讨美国的侵略行径，进行示威游行，开展签名活动。当时全盟仅有80多万人口，参加签名的就达66万多人，有24万多人参加了反特、反蒋、反美控诉活动，分别占人口总数的82.5%和30%。

1950年1月25日，哲里木盟成立以盟长王晓天为主席，色音巴雅尔为副主席，各族各界代表人士参加的中国人民保卫世界和平反对美国侵略委员会哲里木盟分会，组织和动员全盟各阶层人民，参加抗美援朝、保家卫国运动。

同时，各旗县和各系统各单位也成立分会、宣传站、宣传小组。全盟抽调1839名干部，深入农村牧区，展开宣传教育。

各级宣传组织的宣传员、民间艺人参加集中培训，全盟上下形成了完整的宣传网络。他们利用节假日、纪念日、群众大会、党代会、人代会，采取发言、读报、座谈讨论、板报、演出小节目等多种形式，进行广泛的宣传教育活动。

1951年“五一”国际劳动节，全盟举行大规模的群众反对美国侵略朝鲜示威游行。一大早，各旗县政府所在地的各族各界群众身着整齐的服装，工人和农民手中拿着榔头和镰刀，民兵们手持红缨枪，抬着毛泽东的巨幅画像，在五星红旗和各色彩旗的指引下，排着整齐的队伍走向街头，振臂高呼：

反对美帝国主义侵略朝鲜！
美军从朝鲜滚回去！
打倒美帝国主义！
抗美援朝、保家卫国！
保卫世界和平！

游行队伍如潮如涌接连不断，持续一天，盛况空前。

仅通辽县就有14.3万人参加，占全县总人口的77%。该县钱家店区的一位90多岁的老大娘带着儿孙，赶着大车到镇里参加游行。

当她看到满街张贴的标语，飘扬的彩旗，群众举着的毛泽东画像，禁不住流出热泪，激动地对大家说：

> 我这辈子没见过这么好的国家，我们要爱自己的新中国，一定要打败美国侵略军。

该县五家子一个区的农民赶着625辆大车，骑着84匹马和100多头毛驴到区里参加游行。开鲁县农民李丛林带领全家12口人都去参加区里组织的示威游行。他说："以前咱农民只知干活吃饭，国家的事与己无关。今天的游行使我认识到，不抗美援朝咱们就没有好日子过。"

这次空前的群众示威游行，使全盟各族人民受到了一次生动的爱国主义和国际主义教育，认识到抗美援朝、保家卫国的重要意义，理解了"唇亡则齿寒，户破则堂危"的道理，从而认识到美国侵略朝鲜的非正义性，消除了过去一些人崇美、恐美的思想，增强了战胜美帝国主义的信心。

全盟各族人民在提高爱国主义和国际主义思想觉悟的基础上，抗美援朝热情空前高涨。突出表现为各族青年纷纷报名参军，截至4月统计就达2501名，报名参加担架队的青壮年有1031名。

科左中旗两期党员训练班结束后，就有57名青年党员报名参军。奈曼旗出现了新婚不久的妻子白俊香主动劝丈夫报名参军的动人事迹。

通辽县东喜伯营子村召开控诉会，村民张起激动地说："如果国家需要，我让我的4个儿子全都参军到朝鲜前线。"

村民张喜凤说："我家现有的3匹马、住房和土地全是共产党领导土改翻身后得来的。如今生产发展了，家里富裕了，日子好过了，吃水不忘打井人，如需抬担架我带头去。"

1951年4月22日，通辽车站出现欢送铁路职工赴朝出征的动人场面。职工郑克俭当时没有被批准赴朝，他下了夜班急忙来到车站欢送的人群中参加欢送。

列车即将开动时，机务段长突然接到报告，说赴朝队伍落下了一名职工，现确定补充对象已来不及了。郑克俭听到此消息，立即跑到段长那里斩钉截铁地要求："段长，不要为难，我去！"

在场的领导和职工见此情景，都将敬佩的目光向他投去，很多人还竖起大拇指赞扬说："小郑真是好样的！"

段领导批准了他的请求，段长亲自给小郑戴上大红花。他没有来得及和妻子告别，就毅然登上了出征的列车。

郑克俭参军抗美援朝的光荣事迹，在哲盟乃至全自

治区传为佳话。通辽铁路部门赴朝职工共有617名。在朝鲜的日日夜夜里，他们严格遵守“三大纪律，八项注意”，爱护朝鲜人民的一山一水、一草一木，忍饥受冻也不动朝鲜人民的一粒米、一棵菜和一针一线。

在生活和工作十分艰苦的条件下，他们抢修铁路、运输军用物资，有力地保障了志愿军作战的需要。他们中有两人荣立一等功、4人荣立二等功、16人荣立三等功、两人荣立大功、9人立小功、109人立了集体功，并有16人牺牲在朝鲜战场。

全盟各族人民将抗美援朝、保家卫国的爱国热忱化作增加生产、支持国家建设和支援朝鲜人民的具体行动。他们深刻理解到只有发展生产，才能支援国家建设，只有国家强大，才有能力打败美国侵略军。全盟广大农牧民和工人奋战在生产第一线，促进了工业、农业、牧业生产的迅速发展。

在抗美援朝、保家卫国运动中，哲里木盟人民同全国人民一道，作出了自己应有的贡献。这一正义行动，也为子孙后代留下了一笔宝贵的爱国主义精神财富。

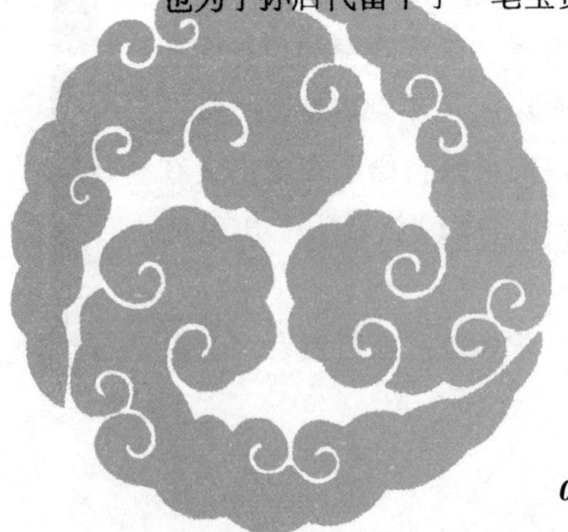

上海工人制定行动纲领

1950年12月9日，上海工人根据上海市各界人民抗美援朝、保家卫国代表会议的精神及其所通过的决议，把上海总工会主席刘长胜《全上海人民动员起来，推进抗美援朝、保家卫国的群众运动》的报告，作为上海工人制止战争、保卫和平，更有效地支援中国人民抗美援朝志愿军及朝鲜人民的总方向。

上海工人制定出抗美援朝、保家卫国运动的行动纲领。纲领一共10条：

1. 全上海工人行动起来，参加抗美援朝、保家卫国神圣的爱国运动，以一切有效的行动支援中国人民志愿军和朝鲜人民，坚决而勇敢地为制止战争、保卫世界持久和平而奋斗！

2. 普遍展开爱国主义的生产竞赛运动，为提高生产，提高工作效率，加强国防经济力量而斗争。

3. 扩大和健全纠察队，进行护厂反特工作，协助人民政府，加强冬防工作，广泛展开防特、防匪、防火和防空工作，坚决镇压反革命活动。

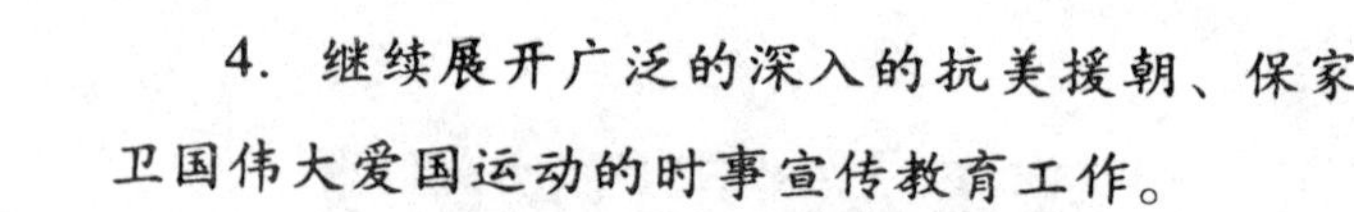
4. 继续展开广泛的深入的抗美援朝、保家卫国伟大爱国运动的时事宣传教育工作。

5. 发动广大职工及其家属，展开对中国人民志愿军及朝鲜人民军的慰劳运动。

6. 青年工人踊跃地参加军事干部学校，学习军事技术，加强国防力量。

7. 在业工人和失业工人积极地参加人民公安部队，加强上海治安工作，巩固人民民主专政。

8. 医务工作人员组织医疗队、救护队到前线去，为我人民志愿军服务。

9. 汽车司机运输工人，组织运输队，为我人民志愿军服务。

10. 巩固和扩大反对美帝国主义侵略的统一阵线，通过劳资协商会议，团结资方，发展生产，反对投机倒把，稳定物价。

到1951年3月，上海市抗美援朝运动开始深入街道，向无组织群众发展。

普陀区梅芳里、英华里等13条里弄的1200多居民、闸北区1.2万居民、蓬莱区1.8万居民都举行反对美国重新武装日本的爱国示威游行。

北四川区一五〇条里弄的居民，都订立爱国公约。嵩山区8个派出所辖区内举行里弄的反对美国武装日本代表会议。

20多年不下楼的赵启明和生在太平天国年代的99岁的张老太太，也破例参加游行，表现出他们的强烈爱国意志。参加“三八”游行的30万妇女，一半以上是无组织的里弄家庭妇女。

在一次会议上，住在薛家浜路二六一号的严景堂，讲述起在抗日战争时期日寇火烧蓬莱区35天的残酷情景。大家听了悲愤交加，扭转了原来漠不关心的麻痹思想，一致认为要在里弄中展开抗美援朝，反对美国武装日本的运动。

北四川区、杨树浦区、嵩山区、蓬莱区、榆林区等更结合了传达区人民代表会议，召开里弄小型座谈会、控诉会。通过控诉和解放前后生活的对比，居民的认识都提高一步，立即转入实际行动。

榆林区平凉路泰成里居民过去对时事不十分关心，召开座谈会传达区代表会议决议以后，大家明白了美国武装日本的阴谋，知道了过去对政府提的意见已经都得到落实。龙江路一带晚上很不安全，有人曾提议增设岗位，区公安分局照办了；另有人提议塘山路的垃圾妨碍卫生，应该清除，没有等到区代表会议结束，区政府便把垃圾运往郊外……焚化能这些事实，深深感动着到会居民。他们说：有了这样好的政府，怎么能不爱我们的国家！

他们都表示今后不仅要多开会谈时局清醒头脑，还

要拿出实际行动来。许多里弄订立了爱国公约，保证搞好冬防，检举特务分子，保证不听谣言，不听“美国之音”，不买美国货。

上海市的抗美援朝运动，又紧密地和镇压反革命相结合。各工厂、学校、商店、里弄广泛开展的反对特务运动，成为上海市人民抗美援朝运动的具体内容之一。他们认识到正是美帝国主义利用特务来破坏建设，要反对美国武装日本，也要反对美帝国主义豢养着的特务的不法活动。在运动的开展中，二者自然地结合起来。

国营棉纺织十二厂举行车间控诉会，同时控诉美帝国主义、日寇和特务的罪行。血泪的控诉对比着今天安定的生活，激起工人对敌人无比的仇恨。

工人们都打消顾虑、打破情面，纷纷检举特务和劝告他们履行登记。在群众的压力和教育下，该厂的反动党、团、特务分子开始觉悟，已有30多人履行登记。

经过控诉和反对特务的活动，特务的气焰被有力地打击下去，工人们的爱国主义情绪大为提高，纷纷订立了爱国公约，进行爱国主义生产竞赛。

抗美援朝代表会议，是使上海市的抗美援朝运动不断扩大和普及的良好组织形式。上海市曾先后召开综合性的市、区和里弄的抗美援朝代表会议，也召开过专业的如教会、学校抗美援朝代表会议。

这些代表会议包括了运动中涌现出来的积极分子以及各阶层、各行业人民中的代表人物，特别吸收了那些过去很少参加活动但确是有代表性的人物。

在会议上，代表们控诉美帝国主义罪行，报告工作成果或检讨工作缺点，表示态度或决心，以及提出各项具体保证，起了互相教育和推动的作用。

黄浦区教育界代表在会上听了其他代表的报告，很着急地说：“这样看来，还是我们教师做得差了！”

工商界代表也说：“你们已发挥了这样巨大的捐献力量，我们迎头赶上还来得及！”

这些会议又都总结了前一阶段运动的成就和缺点，根据形势的发展和集中群众的要求，制定了指导运动向前发展的斗争纲领和各项行动纲领、爱国公约。

陕州专区爱国群众运动轰轰烈烈

1950年10月19日，中国人民志愿军跨过鸭绿江同朝鲜人民一道抗击美国侵略者。

在中国人民志愿军出国作战、英勇杀敌的同时，陕州专区人民在中共陕州地委的领导下，同全国人民一样，掀起了轰轰烈烈的“抗美援朝、保家卫国”群众运动，为抗美援朝战争的胜利，作出了积极的贡献。

陕州专区辖卢氏、阌乡、灵宝、陕县、渑池、洛宁、栾川7县45区，拥有120多万人口。朝鲜战争爆发时，全区解放刚满一年，百废待举、百业待兴。人民群众由于饱受旧中国的苦难和兵灾之祸，迫切希望有一个和平安定的环境，以尽快从事各项事业的建设，过上幸福美好的生活。

1950年8月1日，中共陕州地委召开会议，研究部署支持朝鲜民主主义人民共和国的宣传工作，并责成地委宣传部根据国际、国内形势写出宣传要点，在全区进行宣传。

中国人民志愿军出国作战后，11月上旬，陕州地委召集各县委书记参加会议，对抗美援朝工作作了专门布置，决定组建一支精明强干的宣传队伍，同时要求做到党委重视，全党动员，全民动手，广泛宣传，及时总结交流经验，加强上下联系。

会后，各县委认真贯彻落实地委会议精神，积极组建宣传队伍。到1951年7月，全区已有报告员106人，宣传员1756人，土广播919个，读报组346个，黑板报1403块，剧团313个。

1950年12月1日，中央人民政府军事委员会和政务院发出《关于招收青年学生、青年工人参加各种军事干部学校的联合决定》。团中央和全国学联、全国总工会也分别发出通知，号召青年团员、学生、工人参加各种军事干部学校。

陕州专区的广大青年学生、青年工人，纷纷响应这一号召，积极报名参加各种军事干校。他们把自己的前途同国家的命运紧密联系在一起，热烈响应祖国的召唤，踊跃参加国防建设。全区8所中学的2800多名学生，一次就有1100多人报名参加军事干校。

一时间，陕州这块古老的大地上形成了以参军、参战为荣的热烈气氛，上级分配给陕州专区的扩军和参加军事干校的任务超额完成。

全区先后有6100人参军参战，涌现出许多英雄模范人物，仅陕县就有89人分别荣立一、二、三等功。据卢氏、阌乡、灵宝、陕县、渑池县统计，有405名优秀子弟在朝鲜英勇牺牲，为保卫中朝人民的和平事业献出了宝贵的生命。

有5000名青年学生和工人参加军事干校，走上了国

防建设的道路。此外还有许多青壮年纷纷参加民兵组织，全区民兵队伍由 1950 年的 1.56 万人发展到 1951 年的 3.56 万人，成为一支强大的地方武装，担负着陕州境内 184 公里长的铁路和 150 处大小仓库的安全保卫工作，起到了维护地方治安、稳定后方的积极作用，这对抗美援朝运动的顺利开展是一个有力的支援。

1950 年 12 月 12 日，中共陕州地委发出关于进一步开展抗美援朝运动的指示，提出“向社会各阶层广大群众开展强大的持久的反复而深入的抗美援朝宣传，借以把全区每个角落的人民群众中自发的爱国反侵略运动导向正规的大规模的爱国巨流中来”。并要求县、区、乡都成立保卫世界和平反对美帝侵略委员会分会，在党委的统一领导下开展工作。

同时，中共陕州地委根据各界群众的觉悟程度，提出切实可行、富有针对性的爱国口号，以推动抗美援朝运动的深入发展。

1951 年 6 月 1 日，中国人民抗美援朝总会向全国发出“捐献飞机、大炮”的号召，陕州地区各界群众纷纷响应，再次掀起捐献热潮。

首先是党政机关干部带头拿出自己大部分工资，按月捐献，并提出一直捐到抗美援朝战争胜利；工商业者提出不搞投机倒把，踊跃纳税，积极捐款，陕州南关在统计好春节营业税后，一天就交完了税额。

工人掀起劳动竞赛热潮，开展增产节约运动；农民提出精耕细作、多打粮食、支援前线；专署所属各个剧团积极为抗美援朝进行义演募捐；省立灵宝师范师生的积极性很高，在15天内就捐款旧币1255.9万元，人均4.1万多元，最多的一人就捐了36万元。

还有许多妇女也将珍藏多年的戒指、镯子等金银首饰拿出来捐献。从6月1日到7月5日仅一个月零五天，灵宝县就捐款7.68亿元，捐小麦11.6万公斤，杂粮0.9万公斤，棉花1.55万公斤，硬币150块，黄金一两，大枣550公斤。据统计，陕县5个区的64个乡，参加捐献户数2.1万户，占总户数的90%以上。

到1951年年底，全区超额完成了捐献任务。地委原计划陕县和专直机关联合捐献一架战斗机，结果到1951年12月统计，仅陕县就捐款17.3亿元，超过原定任务捐献战斗机一架的15%。

灵宝县也超额完成原定捐献一架战斗机的任务，又增捐了一门高射炮的款。广大群众在物力、财力上积极支援前线，极大地鼓舞了志愿军将士的斗志。

各高校宣传激发群众爱国热情

1950年11月21日，中国人民保卫世界和平反对美国侵略委员会北京师范大学支会，号召全体同学继续进行抗美援朝宣传，并加紧学习课业、技术，准备随时为祖国服务；号召全体员工，在各种岗位上，积极发挥工作效率。为了总结两周来的宣传工作，当天晚上，该校在大礼堂举行庆功大会。

在两周来的宣传工作中，全校师生员工，都发挥了高度的积极性与热爱祖国和热爱友邦的伟大精神。教育系董渭川教授几次到各中学作报告；历史系白寿彝教授早晨6时30分就开始进工厂；中文系教授黄药眠、叶丁易、黎锦熙、陆宗达等先生及全体助教都参加了工厂工作，和工人们一起讨论；化学系助教俞凌翀、吴国利两位先生，每天都和同学步行到工厂。

晚会开始时，俞先生讲述“原子弹问题”，吴先生讲“美帝侵华史及美帝暴行”；历史系的教授们则积极赶编小册子“美帝侵华史”。

同时，美工系同学要求漫画组变成长期性的，并请系里指导工作。该校师生散布在外城50万居民的广大区域里，深入工厂、学校及居民团体，组织他们，带动他们。

宣传的工厂达43个，工人5000多人，学校6所，学生2000多人。分别和他们举行座谈会共75次，讨论会共44次，晚会29次，控诉会9次，报告会14次。

通过这些宣传，普遍提高了群众对抗美援朝的认识。居民们也被带动起来。有8个家庭妇女，在听了同学的报告后，自动地组织起来到群众中宣传。

九区成人夜校的人员，也配合同学进行宣传，分别召开街座谈会。

在庆功大会上，大会主席祁开智指出：师大师生在这次宣传工作中，对政治的认识都得到了提高。不但帮助了群众，而且教育了自己。并号召同学继续进行时事学习，将以后的宣传工作再提高一步。

为了加强今后抗美宣传工作。他们这次会议拟订了几项具体计划：

> 每星期六为“抗美援朝日”；
>
> 每日晚饭后，每人有一小时“时事学习”；
>
> 为了练好身体，每天早晨举行全校性的早操并升旗，下午16时30分到17时30分为文娱时间。

在抗美援朝热潮中，北大工学院所有同学和教员都参加了宣传工作。他们带动10个中学的同学，一起讨论和学习时事，并一起向市民进行了宣传。

11月20日，该院召开全院师生员工总结会。在这次会上，大部分系级都把在中学和工厂工作的经验报告出来。并有几个典型的同学报告了自己在这一阶段中的收获和进步。

北京市财经学校抗美援朝、保家卫国委员会，于21日作街头宣传工作的初步总结。

在会上，委员会主任施宗恕校长指出：

> 目前我们的抗美援朝运动已由宣传工作转入了一个新阶段。大家要把在宣传中所发挥的高度爱国热情巩固并发扬下去。

施宗恕号召大家要共同搞好学习，勤俭节约，锻炼身体，以便有效地打击敌人，粉碎美帝侵略阴谋。

这个号召，立刻得到师生们的热烈响应。工商管理科一甲和统计科一甲先后贴出挑战书，保证节水节电，准时起床，掌握祖国需要的专门技术，来回答美帝。该校并决定每周星期六下午为“抗美日”，举行座谈会、报告会，放映电影或表演节目。

中国人民大学全体学工人员纷纷以实际行动抗美援朝。当时，全校已有3000多人报名参加志愿军。已有干部76人、学生60人组成抗美援朝、保家卫国志愿队。

本科学生于19日下午进行街头宣传。工会会员中，已有323名教职员、研究生报名参加校外宣传动员工作，并即将分赴京市各机关、工厂、学校进行专题报告。自这周起，全校学工人员，又再次分别展开对时事问题的深入讨论，各系、班学生，正在抓紧每一个课余时间开座谈会。

捐献慰问运动，也正在全校热烈展开。当普遍发动之前，即有本科经济计划系学生郑干城一人捐献300万元；法律系学生黄社骥捐献100万元，关子健捐献50万元，刘云洁捐献金项链一条。

捐献慰问发动一周来，全校学生已做成了慰问袋2700多个。经济计划系学生捐献出约值200万元的计算器一件，手表一块；合作系已捐出人民币38万元；学生第二大灶则将节余米1000公斤捐献出来。该灶4个系学生写信给吴校长，说明“为了祖国边疆的安全，我们要尽一切力量来支援朝鲜人民抗美战争”。

各大高校举行的抗美援朝活动，产生了积极而深远的影响。

民主党派各自展开抗美援朝行动

1950年11月，中国国民党革命委员会、中国民主同盟、民主建国会、中国民主促进会、九三学社都于当月内举行扩大中央会议，讨论抗美援朝运动和各自的工作问题。

中国民主同盟定于26日起举行中央委员会第六次全体会议；中国国民党革命委员会定于27日起举行中央委员会第二次全体会议；民主建国会定于29日起举行总会扩大会议；九三学社定于12月1日起举行工作会议。

所有参加上述会议的各民主党派中央委员、理事和各地方组织的代表，都已陆续到达北京。

11月23日，中国民主促进会中央理事会第二次全体会议在北京召开。参加会议的有300多人。此外还有该会中央各委员会的委员和各分会的代表列席会议。

会议开始，该会副主席王绍鏊在开幕词中指出：

> 这次召开中央理事会议的意义是要在当前的政治形势下确定今后的政治任务、发展方向和工作方针。

接着，该会主席马叙伦在政治报告中，指出一年来中央人民政府在毛主席和中国共产党领导之下的伟大的成就后，详细分析美帝国主义的本质，并从历史上证明它一贯侵略的野心和目前侵略朝鲜，企图进而侵略我国、征服全世界的毒辣阴谋。

最后，马叙伦号召该会会员加强对当时时局的认识，展开抗美援朝、保家卫国的群众运动。该会应根据这个中心任务来确定发展方向和工作方针。这次会议将在月底闭幕，会议将根据总的政治任务、发展方向和工作方针，结合各地实际情况制订各分会的具体工作计划。

11月25日，中国国民党革命委员会、中国民主同盟、民主建国会、中国民主促进会、中国农工民主党、九三学社同时在京举行中央会议或高级干部会议。

中共中央统一战线工作部为此特于25日下午欢宴各民主党派出席会议代表，并在宴会之前举行座谈会，座谈时局与工作。

参加当天这一盛会的，有各民主党派领袖和出席此次会议的代表，以及中国人民政协全国委员会在京委员等共600余人。周恩来也应邀出席讲话。宴会后，梅兰芳、程砚秋等演出《贩马记》、《汾河湾》等精彩京剧助兴。

11月26日下午，中国民主同盟中央委员会第六次全体会议，在北京开幕。出席该盟中央委员56人、列席该盟候补中央委员及各地代表26人。其他民主党派均应邀派代表参加。

会议首先由中国民主同盟中央委员会主席张澜致开幕词。张澜简要地概述该盟一年来的工作成绩后指出：

> 这次会议的两个中心议题是：
>
> 1. 运用民盟的组织力量，动员广大的知识分子、爱国的工商业者和海内外的民主人士深入和扩大全国人民抗美援朝、保家卫国运动，打击美帝国主义的侵略，争取反侵略斗争的胜利；
>
> 2. 加强团结，发展组织，巩固与扩大人民民主统一战线，对我国人民最凶恶的敌人美帝国主义作持久的斗争。

接着，由来宾致辞，应邀讲话的有中国共产党代表李维汉、中国国民党革命委员会代表李济深、无党派民主人士陈叔通。相继讲话的有该盟中央委员黄炎培、彭泽民、柳亚子。他们在讲话中强调抗美援朝的重要性，并决定继续开展各种活动支援前线。

三、踊跃捐献

●常香玉掷地有声地说："我是个演员，我要以我的演出参加抗美援朝的战斗！"

●根据河北省委的指示，各地抗美援朝委员会对本地的捐献计划结合推行爱国公约运动和优抚等工作进行检查和修订。

●北京被服厂工人说："咱们要努力支援前线。早一天把美帝国主义侵略军赶出朝鲜，咱们就能早一天过好日子。"

常香玉义演筹款献飞机

1950年10月19日，中国志愿军跨过鸭绿江，保家卫国，抗击美国侵略军。在国内，掀起积极支援前线的热潮，上至中央干部，下到平民老百姓都捐款捐物，表达自己的爱国之情。

常香玉，河南巩县人，1922年出生，原名张妙玲。出身贫苦的她，9岁随父张福仙搭班学戏，拜翟燕身、周海水为师并随义父姓改名为常香玉。初学小生、武丑，后专演旦角。

常香玉10岁登台，13岁主演6部《西厢》，21岁时小有名气。原唱豫西调，后在演出中逐渐融合豫东、祥符各调，并吸收曲剧、坠子、山西梆子、河北梆子、京剧等一些唱腔，别创新腔。

1938年后，常香玉因病不能再演武戏而潜心研究青衣、花旦表演和说白的改革。1941年赴陕甘演出。1948年在西安创办香玉剧社，致力于培养青年演员。

享有“人民艺术家”之誉的一代豫剧大师常香玉，以其70多年的不懈努力和艺术实践，将原本很不起眼的豫剧逐渐推向全国，为我国现代豫剧艺术事业的繁荣作出了重大贡献。

常香玉同时也是一位伟大的爱国主义者，其毕生为国为民无私奉献的崇高风范，为全国广大文艺工作者树立了光辉的榜样。

1951年夏，在西安召开的一次抗美援朝的群众动员大会上，作为西安私立香玉剧社社长的常香玉，事先未经领导批准，就直接上台讲话了。

常香玉掷地有声地说：

> 我是个演员，我要以我的演出参加抗美援朝的战斗！

第二天，常香玉在与剧社同人商量通过义演捐献一架战斗机的事时，义愤填膺地说：

> 敌人轰炸我们，我们难道就不能把歌声变成炸弹去轰炸敌人？

她的倡议得到大家一致赞成，于是此事就定了下来。

然而，当大家振奋欣喜过后，有的人又不免犯嘀咕：买一架战斗机需要15亿元，这对于仅有59名演员且其中多数是学员的香玉剧社来说，简直是一件难乎其难的事。

为圆满实现目标，常香玉向剧社的所有人员宣布，在义演期间，她和担任剧社编剧的丈夫陈宪章都不拿工资。与此同时，她还拿出自家多年的积蓄，卖掉了自己的金银首饰、卡车及家里一切值钱的东西。

中共中央西北局负责人对常香玉的爱国举动表示热烈支持，在专门接见她时，给予高度赞扬。回到剧社后，常香玉对同人们说：

领导说我们这是爱国主义行动，爱国主义行动也得有爱国主义剧目。

豫剧编导陈宪章心领神会，他耗时 4 天，与人合作写出了新编剧本《花木兰》。

接着，在导演排练该剧的过程中，陈宪章又根据舞台实践不断修改剧本。戏排好了，首先在西安进行“实验演出”。在获得观众一致认可之后，香玉剧社便于 8 月 5 日在西北文艺界的热烈欢送下起程进行全国巡演了。

时年 28 岁的常香玉把 3 个年幼的孩子往幼儿园一送，就率领这支队伍出发了，其足迹遍及开封、郑州、武汉、长沙、广州等大中城市，历时逾半年，行程上万公里，共演出 180 多场。

所到之处，各族群众深为常香玉的爱国主义精神所感动，纷纷踊跃捐款捐物。而在此期间，常香玉总是和演职人员一道坐火车硬席，睡舞台，最终使捐献金额达到 15.27 亿元，超额完成了购买一架战斗机的筹款任务。

国家用这笔巨款购买的“香玉剧社号”战斗机很快就翱翔在朝鲜上空，有力地痛击了美国侵略者。

1952 年 2 月，当常香玉率领剧社凯旋时，西北军政委员会文化部、西北文学艺术界联合会举行了庆祝大会，并隆重授予她金光闪闪的荣誉奖杯。

《人民日报》为此发表了题为《爱国艺人常香玉》的长篇通讯，详细报道了常香玉的爱国壮举。

日理万机的周恩来专门接见常香玉，并高兴地对她说：

> 香玉同志，你很了不起！你为抗美援朝做了件大好事，全国人民感谢你！

常香玉义演捐机之后，浴血奋战在朝鲜前线的志愿军将士们依然让常香玉牵挂不已，于是她请求到抗美援朝第一线去慰问演出。

1953 年 4 月 1 日，常香玉带着祖国人民对志愿军的深情厚谊，率领豫剧队跨过鸭绿江大桥，开始了又一次爱国壮举。

豫剧队的慰问演出常常与美机的轰炸相伴，因而常香玉及其演职员们时刻面临着生命的危险。有一次，豫剧队正在一个战地医院演出，美机突然飞来，投下了多枚炮弹，整个医院瞬间被炸为平地。尽管有防空坑道可以躲避，但年仅 17 岁的女演员赵玉环却在这次空袭中不幸遇难。

还有一次，一颗炮弹竟落在常香玉和大家居住的坑道顶上，差点将坑道炸穿。有的演员甚至从睡觉的戏箱

子上被炮弹震落到了地上，坑道口也被炸塌的碎石给封住了。面对困难和危险，常香玉毫不畏惧，总是挺身而出。她鼓励大家说："志愿军同志们在这里流血流汗，我们要给他们鼓劲加油，就是要和美国鬼子对着干，天天演，天天唱！"

在朝鲜慰问的5个多月里，常香玉带领豫剧队下坑道，上前沿，巡回辗转在各个部队之间。她甚至还曾独自到只有一个志愿军战士的哨所慰问演唱了18次。

当时，为了躲避美军飞机的轰炸，他们经常在夜间演出。有一天抵达第六十三军驻地时，常香玉因患重感冒而发起高烧。

军长傅崇碧和政委龙道权闻讯后，特地来看望她，并带来医生为她作详细诊断。常香玉却认为如此小病，扛一扛就过去了。首长们十分关切地对她说："感冒是歌唱家的大敌，它容易使咽喉发炎，引起声带嘶哑。要是出现这种情况，你演不成戏，我们也看不成戏，那该多急人啊！"

当常香玉被医生告知病情有些重，需要休息调养时，她急切地说："今天晚上我就演出，不能让首长和战士们空等！"

首长们温和地规劝她说："今天晚上是绝对不能演的，明天晚上能不能演，还要看你身体恢复的情况。"

说着，龙政委从怀里掏出一个白布包，小心翼翼地打开，原来是两个鸡蛋。政委指着鸡蛋说："在前方，搞到两个鸡蛋很不容易。这两个鸡蛋是朝鲜老乡送来的，大家都不舍得吃，说要送给爱国艺人常香玉。来，把它冲成蛋花，加点白糖，清嗓子败火。”

看着满眼血丝、疲惫不堪的部队首长们，常香玉不禁油然而生敬意地说：“还是你们吃吧。”

“给你吃，这是我们全体指战员的心愿。”

常香玉盛情难却，只得接过鸡蛋，热泪禁不住夺眶而出。

豫剧队以 180 多场演出，极大地鼓舞了奋战在抗美援朝前线的志愿军将士们。

在一次演出结束后，有位将军发自肺腑、无比动情地对常香玉说：

> 祖国人民把我们称作最可爱的人，我们志愿军把你称作最亲的人，你的演唱就是对我们的最好关心、最大支持。我们一定不辜负祖国人民的希望，坚决打败美国侵略者。

舒鸿组织篮球义赛支前

1950 年 10 月朝鲜战争爆发，华夏子孙掀起了一场抗美援朝运动。

体育界、文艺界也积极响应号召，举行义演、义赛，筹措资金，购买飞机、大炮。当时，很多人纷纷做出实际行动，支援前线。其中最使全国人民感动的是，豫剧演员常香玉义演购买“香玉剧社号”战斗机支援志愿军的事迹。

1950 年 11 月，杭州已经格外寒冷，刮着刺骨的寒风，滴水成冰。

时任杭州之江大学体育部主任的张强邻，冒着严寒来到刀茅巷浙江大学教师居住的宿舍区“建德村”，与时任浙江大学体育部主任的舒鸿会面。

在谈到抗美援朝运动已经在全国轰轰烈烈展开时，二人均表示体育界也应当积极投入其中，特别是杭州最知名的两所大学的体育界人士，更应当做出表率，以实际行动贡献一份力量。张强邻提议，由荣获杭州篮球冠军的之江大学队与解放前“英上杯”得主“武林队”进行义赛。

张强邻和舒鸿正巧想到了一起，舒鸿向张强邻表示愿为义赛做裁判，还希望利用自己的社会影响和知名度，参加义赛的拍卖活动，义赛的门票收入及篮球拍卖收入，全部捐献购买飞机、大炮。

两人商定后如释重负，同时定下义赛的时间和地点及宣传、组织等事项。

当天，张强邻又冒着冰冷的寒风赶回之江大学做球队的动员工作，第二天即与武林队队长陆雪高联系。陆雪高得知这一消息后，欣然同意并大力支持，同时向张强邻表示，尽快组队力促这次义赛的成功。

大家取得了一致意见，决定 12 月中旬义赛放在繁华的西子湖畔的南山路杭州师范学校篮球场举行。由杭州最强的两支篮球队进行义赛，裁判由体育界德高望重的舒鸿担任。

舒鸿，浙江慈溪人。早年留学美国，毕业于斯普林菲尔德学院体育系，复攻读卫生学，获硕士学位。1936 年，舒鸿曾在第十一届奥运会篮球比赛中任裁判员。

新中国成立后，舒鸿拒绝了台湾师范大学的邀请，继续留在浙江从事体育教学工作。

这次为抗美援朝筹款义赛是由杭州篮球的两支顶尖球队比赛，主裁判又由舒鸿担任，更增加了比赛的分量，市民也非常期盼这场义赛。

舒鸿吹响哨声后，两队展开交锋，时而对攻，时而防守，表现出精湛球技和顽强拼搏的精神。

竞争相当激烈，虽然是一场义赛，两队都打出水平、打出作风、打出风格。尽管天气寒冷，比赛场地和条件

差，但观众相当踊跃，纷纷解囊购票入场，比赛自始至终紧张激烈、扣人心弦，两队的拉拉队为各队摇旗呐喊，呼声震耳欲聋，观众掌声和喝彩声此起彼伏，气氛非常热烈。

义赛及拍卖活动十分成功，老百姓生活虽然还很贫穷，但为了保卫新生的共和国仍然筹措到一笔较大的款项，当日就交给有关部门购买飞机、大炮支援前线。

篮球拍卖由舒鸿主持，他将篮球交给竞拍成功者、上海著名实业家、“固齿灵”和“坚而齿”牙膏发明人陈思民之子陈克明。

这是一场永远留在记忆中的篮球义赛，也是杭州解放后首次篮球义赛。

陈祖沛解囊捐献三架战斗机

1950年5月，以黄长水为团长，陈君冷、莫应溎、马万祺为副团长，陈祖沛为总务主任的港澳工商界赴东北观光团到东北各地参观。人民忘我工作，社会一派生机的景象，给他们留下了深刻的印象。

观光团在参观后返回北京时，受到中央人民政府朱德副主席、政务院陈云副总理等国家领导人的接见。他们热情地介绍新中国成立后的大好形势及经济建设构想，对海外侨胞、港澳同胞寄予厚望，一再强调欢迎港澳实业家回大陆投资办工业。

陈祖沛，广东新会人，长期在香港、广州、天津、上海、青岛、汉口、长沙、重庆等地经商，任香港大成行总经理。

陈祖沛热爱祖国，热爱中国共产党，为祖国的解放事业和新中国的经济建设作出了重要贡献。

解放前，陈祖沛在香港参加中国共产党地下党领导的进步组织香港华侨工商俱乐部，对革命事业给予积极支持，分别资助《华商报》、《文汇报》、《经济导报》、《周末报》、新中中学、凤凰电影公司等进步团体。

解放战争时期，陈祖沛共捐款10万港元及其他物资慰问南下解放大军。1949年，陈祖沛为帮助东北、华北

等解放区解决物资匮乏问题，他积极会同东南亚爱国华侨和香港工商业家组成“新中公司”，筹措汽油、柴油、轮胎、橡胶、卡车、药品等大批军需物资和120万港元，冒着生命危险亲自押船穿越台湾海峡，首航刚解放的天津港，并同船护送马思聪等民主人士赴北京出席新政协大会。

在医治战争创伤、打破帝国主义封锁、恢复国民经济的岁月里，陈祖沛与邓文钊等一批爱国人士积极引导港澳同胞回祖国大陆投资，发起并创办了新中国第一家中外合资企业——华南企业股份有限公司。

1950年，国家发行第一批国债时，大成行急国家之所急，认购公债15万份。

新中国的诞生，党的召唤，使陈祖沛爱国之心早已飞回大陆了。返港后，他立即召集总行和分行经理开会，统一思想，通过两项重大决定：一是三年内只发股息，不分红利，集中力量办工业；二是总行由香港迁天津。

这些决定，充分体现出陈祖沛热爱新中国之情，当即受到党政领导赞扬。对于广大工商业者来说，大家常把这一爱国行动作为话题，视为爱国的一面旗帜。

1950年10月，中共中央作出抗美援朝、保家卫国的战略决策，全国各族人民积极响应，努力开展支援前线的活动。

当时，陈祖沛在香港，由于他早在解放战争时期就经常受到中国共产党在港的工商统战工作负责人许涤新和饶彰风，以及中国共产党在港出版的《华商报》总编辑刘思慕的影响，积极参加香港华侨工商俱乐部的活动，又在中华人民共和国成立后参加了港澳工商界赴东北观光团，聆听了朱德、陈云的教诲，爱国主义思想有了深厚的根基。

面对抗美援朝一事，陈祖沛毅然作出捐献三架战斗机支援志愿军的决定。

一开始，陈祖沛以大成行总经理的身份亲自起草一封信，他在信中说：

> 中国以往长期受外国欺凌与奴役，幸得共产党领导人民群众斗争才得到翻身，并且推翻了旧政权，建立了新政权。现美帝通过侵略朝鲜，企图扼杀新中国于摇篮，广大人民群众同仇敌忾，有钱出钱，有力出力。为此，我提议大成行捐献3架战斗机，共人民币45亿元。其中企业两架，另一架在职员中的1951年奖金提取半数，如仍不足，则由总经理本人补足。
>
> 如同意，请在信中签名。

这封信发出后不久，即得到来自天津、广州、青岛、上海、重庆、长沙、汉口以及香港各行正副经理和广大职员的签名响应。

一位姓阮的职员曾背后煽动大家抗交款项，认为捐献属资方之事，与职员无关。初时有些职员动摇，但多数职员反对他的胡言，结果如期如数入库。捐献数以天津总行最多为15亿元，广州分行次之为5亿元。

事后，有人请陈祖沛谈一下对于大成行捐献三架战斗机在经济方面的承担能力情况。他分析说，战斗机是由苏联提供的，每架作价人民币15亿元，企业承担两架共30亿元，这是能够完成的。

1951年，大成行包括当年先后创办的天津大成五金机械厂、广州皮革厂、青岛榨油厂、上海针织厂、重庆涪陵食品厂以及恢复和发展了的长沙米机在内，资产总数为港币1700万元，全部转回大陆折合人民币为630亿元，捐款仅为企业资产总数的5%左右，是有足够经济能力的，事实上亦是如期将款入库。

支援抗美援朝，应当做到有钱出钱，有力出力，尽公民的一份责任。至于经理及职员个人，由于大成行当时业务兴旺，企业为了保障员工生活稳定，免受通货膨胀之苦，按折实单位计算薪金，而折实单位的数值是按生活的必需品价格计算的。

中上层职员的月薪可买粗米10担到18担，比大学教授月薪8担到13担还高。在他们获得的企业年度奖金中付出一半捐献战斗机，以支援志愿军，是有足够能力的，所以绝大多数人都乐于解囊。

当年，陈祖沛经营的大成行，包括广大股东与职员捐献三架战斗机的爱国壮举，在社会上引起积极反响。

在工商界行列中，这次捐献不仅在广东甚至在全国范围内都是首屈一指的，给工商界捐款发挥了很好的带头作用。就以广州来说，广州市工商界捐款入库实际数为526亿多元，比原定计划490亿元超出36亿多元，折算可购战斗机35架。这当中，陈祖沛作出的贡献最大，因而受到各级人民政府多次表扬。

陈祖沛作为工商界的杰出代表，多次受到毛泽东、周恩来、邓小平等老一辈党和国家领导人的接见。在担任省人大、省政协和省工商联领导职务期间，他经常深入企业，深入群众，通过实地调查，为国家建设建言献策。

2006年3月18日3时20分，陈祖沛因病医治无效，在广州逝世，享年90岁。

陈祖沛的一生是光辉的，是追求进步的。他高尚的品格和无私奉献的精神将被后人永远铭记。

河北开展捐献飞机大炮运动

1951年6月1日，中国人民抗美援朝总会发出开展捐献武器运动的号召，号召全国各界爱国同胞，开展增加生产、增加收入运动，用新增加的收入购买飞机、大炮等武器，捐献给志愿军。

为方便各界人民认捐，总会对各种武器的折价作了具体规定：一架战斗机折合人民币15亿元，一架轰炸机50亿元，一辆坦克25亿元，一门大炮9亿元，一门高射炮8亿元等。

河北省抗美援朝分会热烈响应总会的号召，6月4日发出通知，指出：

> 捐献飞机、大炮和优待烈属军属是人民群众支援前线最有实际意义的两件大事，也是全体人民义不容辞的光荣责任。它将给前线将士以不可计量的歼灭敌人、捍卫祖国的物质援助和精神鼓舞。

通知着重指示：

> 捐献运动必须与增加生产相结合，防止孤

立地进行。在推动生产、增加产量、节约消费、增加收入的目标下完成捐献。我们希望各个工作、生产的单位及一切工作人员，首先订出自己单位或个人增加收入、节约消费的计划，捐献收入或节约之全部或一部。并建议各人民团体及一切工作人员，在可能条件与机会下，帮助人民群众订出同样的计划，有步骤地完成这一光荣捐献任务。

当天，河北省总工会、中国新民主主义青年团河北省委员会、河北省民主妇女联合会、河北省学生联合会、河北省供销合作总社、中苏友好协会河北省分会、河北省文学艺术界联合会等 7 个团体发出响应总会三大号召的联合通知：

号召全省所有的工人、青年、妇女、学生、合作社员、中苏友好协会会员和文艺工作者们，根据中国人民抗美援朝总会的号召，用自己新增加的收入捐献给人民志愿军和人民解放军，作购置飞机、大炮、坦克等武器之用，以巩固我们的国防和更有力地、更迅速地来消灭敌人……

号召全省的教师、学生、文艺工作者为进一步深入抗美援朝运动，更加积极地开展宣传

工作和文艺创作工作，为完成上述政治任务而服务。

轰轰烈烈的捐献武器运动在河北全省开展起来。捐献运动开始后，全省首先进行广泛、深入的宣传教育。

全省各地根据时局的发展和群众思想情况，通过志愿军在朝鲜战场获得的每一个重大胜利，宣传讲解中国人民志愿军的英勇牺牲、艰苦作战，揭发美军暴行及其新战争阴谋，发动群众回忆、对比、控诉，激发群众的爱国热情。各地抗美援朝委员会相继举行委员会议或召开抗美援朝代表会议，专门讨论如何贯彻捐献号召。

同时，各工厂、矿山、农村、学校、机关、工商界、文化界等，也纷纷召开会议，认真讨论响应爱国捐献号召的办法。

各界群众爱国捐献的热情日益高涨。沧县专区各县镇组织上千人的县、区、村干部和积极分子大会，听取并讨论慰问团的报告，和志愿军开展三比运动：比爱国、比艰苦、比功劳。群众深受感动，普遍反映："咱比起志愿军的爱国、艰苦作战来，差得太远了。""我们应当尽一切办法增加生产，多多捐献飞机、大炮，支援志愿军！"

沧县师范附小的少年儿童队和全体同学组织腰鼓队、秧歌队宣传爱国捐献。沧镇启明、移风、大众和联友4个剧团赶排了爱国捐献的新剧，联合义演两天，把400

多万元的收入全部捐献给全国文学艺术界联合会购买“鲁迅号”飞机。

经过深入广泛的爱国主义教育，河北全省人民进一步懂得了个人和国家的关系、目前利益和长远利益的关系，并以捐献武器的实际行动支援志愿军和增强国防建设。

河北省捐献运动以空前广泛而热烈的规模发展着，各地很快制订出了捐献计划。

保定专区抗美援朝委员会提议全区人民捐献“狼牙山号”、“白洋淀号”、“白求恩号”飞机3架和“清苑号”、“唐县号”等以专区17个县的名称为名的大炮17门。

保定市工商界在工商界代表大会上通过决议，捐献“保定市工商号”飞机一架。唐山市总工会经过研究，号召全市工人增加生产、增加收入，以半年的时间，多做几天工，将所得工资献出，购买“唐山工人号”战斗机3架。

启新洋灰公司唐山厂的工会，通过和资方的协商，决定全厂捐献飞机3架，每人每月以多做一天工的工资捐献给中国人民志愿军购买飞机大炮。

唐山华新纺织工厂，决定捐献“唐山华新号”战斗机一架。沧县专区计划捐献飞机5架，衡水专区捐献飞机6架，天津专区捐献飞机3架，保定专区捐献飞机3架，保定市捐献飞机2架，唐山市捐献飞机11架，秦皇

岛市捐献飞机3架、高射炮1门，石家庄市捐献飞机4架、高射炮11门。总数达飞机37架，高射炮2门。

为保证捐献运动的正确发展，中共河北省委发出指示，要求各地在制订和实施捐献计划中，高度珍惜人民群众的爱国热情，防止因捐献而影响群众的生产、生活、学习。捐献的重点放在城镇，在农民中掌握一公斤米左右的原则。

根据河北省委的指示，各地抗美援朝委员会对本地的捐献计划结合推行爱国公约运动和优抚等工作进行检查和修订。坚决纠正了不充分发动群众，只从数字上进行挑战的做法，制止了强迫命令和平均摊派现象的发生。普遍发动并帮助群众制订增产捐献计划，使捐献运动成为推动生产的动力。

河北省抗美援朝分会于1951年7月12日向全省人民发出《关于为争取捐献80架战斗机而奋斗的号召》，将河北省爱国捐献的目标定为80架战斗机，并作出“捐献时间为半年，可以一次认捐，分期缴纳”的具体安排。

全省捐献运动从宣传、计划走向实际缴纳阶段。在捐献运动的宣传和制订计划阶段，许多地区已经有了捐款缴纳的行动。

1951年11月30日，中共河北省委就完成捐献武器运动并向华北局作综合报告，报告指出：

河北省的捐献飞机、大炮运动，从1951年

6月初开始，经过了宣传、计划、实缴3个阶段，到1951年11月底结束，历时5个月。

在中共河北省委和各级抗美援朝委员会的正确领导下，各界人民共同努力，共捐献战斗机120多架，超过全省原定计划80架战斗机的50%，超过群众认捐总数的28.38%。各专区和市的捐献数字都超过了原定计划和认捐数字。

中共河北省委根据毛泽东“增加生产，厉行节约，以支持中国人民志愿军”的号召，适时作出把人民群众的爱国捐献热情引导到增产节约运动中去的决定，引导河北全省的抗美援朝运动从一个高潮走向另一个高潮。

工商界通过捐献支前议案

1951年6月2日，北京市工商界在欢迎赴朝慰问团归国大会上通过以捐献飞机、大炮、坦克等来积极支援前线的议案。

大会在当天下午举行，参加这次会议的有北京市工商界各行业代表1200多人，由慰问团代表陈巳生、童润之、武和轩出席报告。

上海工商界代表陈巳生代表报告此行的观感。陈巳生说：

> 中朝两国只鸭绿江一江之隔，江的一方面被敌人炮火涂炭，另一方面是过着自由幸福的日子，假使不是志愿军到朝鲜英勇抗敌，我们大家就不会在这里安心地听报告了。

最后，陈巳生号召工商界向前方捐献飞机、大炮，普遍地深入地检查爱国公约的履行情况，以空前的实际行动，发挥工商界的爱国热情。

陈巳生的讲话受到与会者的热烈欢迎。

接着，由童润之、武和轩代表报告朝鲜战场上志愿军战士、司机、民工的爱国的英勇事迹。

有一场伏击战，战士们提前知道美军要从一处山坳经过，因而事先埋伏起来，等美军进入伏击圈后一齐开火，结果美军成片地倒下，剩余的残兵败将落荒而逃。

打跑了美军后，他们开始清点战场，几乎每个人都打死了很多的美军。

进入朝鲜后，志愿军的粮食就是压缩饼干，就着冰雪吃饼干，生活条件相当艰苦。

10 月 24 日，一批志愿军到达鸭绿江边，他们在离辑安 50 公里路的一个小站下了车。下车后全体官兵立即将棉衣反穿，把每人的背包打开相互检查，摘除领章和帽徽，不许留一点点解放军的标记。

当天下午，团政委马丁作了动员报告，18 时左右，狂风大作，浓云密布，鹅毛大雪铺天盖地地飘落下来，气温陡降到零下 20 摄氏度，战士们由于是华东地区的部队，发的是薄棉衣，戴着大檐帽，脚穿单鞋，棉被每条只有 1.5 公斤左右，冻得连蹦带跳。

19 时多，过江命令下达了，步兵快速通过江面，汽车和山炮也都从冰上拖了过去。20 时左右，先头部队到达江界镇。21 时，部队向美军发起猛烈的冲击，打得美军丢盔弃甲，狼狈逃窜，丢下了许多大炮和汽车，志愿军乘胜追击，将美军陆战第一师包围在黄草岭一带。

趁着战斗间隙，志愿军很快筑起了土木工事。天上又下起鹅毛大雪，气温降到零下 40 摄氏度，志愿军指战员七天七夜粒米未进，头无棉帽，脚穿单鞋，身穿薄棉

衣。实在无法御寒，战士们只好把棉被割成若干块，把头脚手身分别包着，用背包带扎起来，单衣也全部穿在身上，还是冻得浑身发抖。再加上肚里无饭，年高体弱者、伤病者，先后冻死、饿死，有战斗力的所剩无几，但他们仍然殊死拼搏，子弹打完了就拼刺刀，二十军的战斗英雄杨根思就是在战斗到最后一人时，多处受伤，最后抱着炸药包与美军同归于尽的。

这些事迹让与会者感动不已，很多人听着听着就流下了眼泪。

最后，会议一致通过以捐献飞机、大炮、坦克，以及富有营养的食品与医疗用品来积极支援前线的议案。议案原文如下：

1951年6月1日我们首都工商界各行业的代表，听了赴朝慰问团代表报告我国志愿军为了抗美援朝、保家卫国，在朝鲜前线与朝鲜人民军并肩作战，克服一切困难的可歌可泣的英雄事迹以后，我们深为感动。为了更有效地打击敌人，首都工商界热烈地响应赴朝慰问团工商界代表希望工商界努力捐献运动的号召，我们誓愿贡献一切力量，踊跃捐献，以便供给前方以更多的飞机、大炮、坦克，以及富有营养的食品和各种医疗用品，来积极支援前线，并盼全国工商界一致响应，以争取抗美援朝最后胜利的早日到来！

当天，天津市各界人民热烈响应中国人民抗美援朝总会关于推行爱国公约、捐献飞机大炮和优待烈属、军属的号召。

民主建国会天津分会主任委员李烛尘表示：

> 天津市的工商界，在抗美援朝运动中曾有过很多模范事例。为了保持我们的荣誉，我代表天津市工商界响应抗美援朝总会的号召，普遍展开捐献飞机、大炮运动，支援我们英勇的志愿军！

天津市民主妇女联合会主任罗云号召全市妇女要增加生产，节约捐献，更好地帮助烈属、军属解决困难，认真执行爱国公约。

全市人民纷纷以实际行动，响应抗美援朝总会的号召，自来水公司职工决定进一步开展爱国主义竞赛，争取超额完成生产任务。

该公司河水厂王春德模范小组自动提出修正原来的定额，如修理锅炉原定为30个工，现改为27个工。

联营内衣制造厂职工决定本星期日义务加班一日，将收入全部捐献。天津被服厂第三缝纫部模范第二生产小组从报纸上看到抗美援朝总会的号召后，当天每人日

产量提高了11%，退活率由4%降低到2%。

码头工会第三分会工人当天即捐出1300多万元。许多工厂工人自动要求将每月薪金捐出一部分，一直捐献到抗美援朝胜利为止。

许多机关干部、市民也自动展开捐献运动。智擒特务的7个小英雄胡承志等号召全市儿童节约糖果钱购买飞机、大炮。炮台庄派出所保证，要做好军属工作，使军属的子弟入学，并解决军属的职业及生活问题。

北京各界掀起支前高潮

1951年6月，北京工人、职员听取了中国人民赴朝慰问团代表的报告，看到中国人民抗美援朝总会关于推行爱国公约、捐献飞机大炮和优待烈属、军属的号召以后，纷纷以实际行动响应这一伟大的号召。

石景山发电厂工人看到报纸上登载的中国人民抗美援朝总会的号召后，兴奋地提出：以“我们多流一滴汗，志愿军少流一滴血”的精神，争取超额完成生产任务；并决定了具体奋斗目标是以生产超额收入，购买“首都发电厂号”飞机，捐献给志愿军和解放军。

同时，各职工小组都准备于最近展开普遍性的修订爱国公约运动，使其内容和当前的捐献运动以及自己的生产任务更紧密地结合起来。

石景山钢铁厂的职工决定尽一切力量，做好支援志愿军的工作。职工们提出“后方多流一滴汗，前方少流一滴血”的口号，并展开了捐献运动。

各车间、各小组纷纷补充和修改爱国公约，订出保证增加生产的具体计划。如热风炉小组就补充了响应抗美援朝总会的一切号召和贯彻向马恒昌小组应战的精神。捐献方面，有的从奖金中献出一定数量小米捐献前方，有的决定每人每月捐一定数量小米，一直到朝鲜战争

结束。

琉璃河水泥厂职工听了赴朝慰问团代表的报告，知道志愿军在朝鲜前线作战的艰苦以及还需要飞机、大炮等武器的消息，会上就有205个职工及家属献金买飞机、大炮。该厂工会、党总支委员会、青年团支部也当场向全体工会会员、党员、团员发出号召。

职工们纷纷提出要在生产上以更新更大的成绩来支援前线。烧成车间首先提出：把运转率提到94%，出勤率98%来向全厂挑战，作为支援前线的实际行动。

北京列车段30个包乘组，为了响应抗美援朝总会的号召，准备立即开始在列车上发动乘客捐献一架飞机。西直门派班室的工友，决定在业余时间装卸木料，以所得的全部工资捐献出来。

北京西站电力工区工人杨庭耀写信动员全站职工踊跃捐献。该站工会也立即召开了小组长联席会，讨论如何着手检查爱国公约的执行情况。

北京被服厂工人看到抗美援朝总会的号召后，都说：

> 咱们要努力支援前线。早一天把美帝国主义侵略军赶出朝鲜，咱们就能早一天过好日子。

第一缝纫部、第二缝纫部的工人除纷纷捐献外，还说：

抗美援朝是长期的，咱们一定要长期增产捐献。

北京电车公司修造厂工人听了赴朝慰问团代表的报告后，都表示要再加油生产，支持朝鲜前线。他们说：

咱们一定得好好干，支援志愿军，直到把美国侵略军消灭为止。

3个小组都决定每月定额捐献。

北京电业局职工，纷纷打电话给工会，表示要马上用行动来支援朝鲜前线。会计科小组、干部科马仲琰小组及弓鉴民同志等踊跃捐献，文具库、小工房小组等都订出向马恒昌小组应战的条件，要用提高生产来支援前线。

北京电信局计划室职工发起捐献“邮电工人号”飞机运动。

北京自来水公司水表股方增林小组，除了捐献现金以外，更在生产上提出：每月最低要提前两天完成任务。保证不迟到、不早退一分钟。

此外，中央燃料工业部电业管理局、军委民航局和北京市卫生工程局计划室的职工都热烈响应捐献飞机、大炮的运动。

中国兵工工会全国委员会号召全国兵工职工，继续

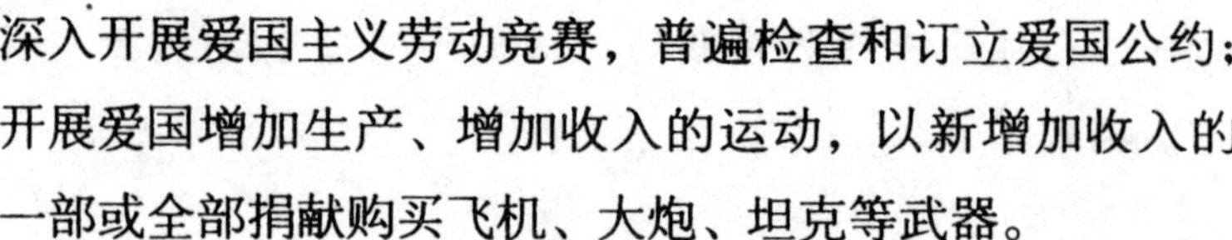

深入开展爱国主义劳动竞赛，普遍检查和订立爱国公约；开展爱国增加生产、增加收入的运动，以新增加收入的一部或全部捐献购买飞机、大炮、坦克等武器。

6 月6 日，中共中央华北局和中央人民政府华北事务部，联合欢宴中国人民赴朝慰问团华北分团的全体代表与工作人员。

宴会由中共中央华北局刘澜涛同志主持。与会者有华北局组织部部长刘秀峰，华北抗美援朝总分会主席聂真，中央人民政府华北事务部副部长陶希晋，赴朝慰问团华北分团团长张明河、副团长朱继圣及慰问团代表等80 多人。

宴会开始后，刘澜涛同志致辞，他希望各代表到华北区各县、旗、市和重要矿区，把中国人民志愿军和朝鲜人民军艰苦奋斗、英勇作战的事迹，告诉华北人民，推动各地的抗美援朝运动，广泛掀起爱国主义的捐献武器运动。

刘澜涛讲话后，华北分团的全体代表一再表示，决心完成抗美援朝总会的号召，深入华北各县、旗、市，做好传达工作。

慰问团归国后展开的这些工作，掀起了国内支援前线的高潮。

苏南区委制定捐献目标和政策

1950年10月以后，新中国在财力、物力极度紧缺的情况下，投入抗美援朝战争。为支援战争，全国各地纷纷展开了抗美援朝运动。

1951年6月3日，抗美援朝总会发出"关于推行爱国公约、捐献飞机大炮和优待军烈属"的三大号召，使农村抗美援朝掀起新的高潮。

江苏抗美援朝运动与全国基本同步。1950年6月发起和平签名运动；11月初，抗美援朝运动全面部署；11月至12月初宣传时事，帮助群众认清局势；12月上旬至1951年2月中旬，集会游行，运动从城市扩展到农村；2月中旬至4月中旬，开展控诉运动，利用"三八"妇女节、广播大会、志愿军归国代表作报告，使抗美援朝运动进一步深入。

1951年5月1日，抗美援朝作为一切工作的动力，苏南各级市党委组织了农村400万人参加"五一"大游行，使农村的爱国生产运动一步步走向高潮。

6月，为响应全国抗美援朝总会发出的"六一"号召，区党委要求：

通过普遍执行爱国公约，开展爱国增产捐

> 献武器运动和优待军属、伤病员与残废军人运动，把抗美援朝运动与实际工作进一步结合起来，并向持久和深入的方向发展。

苏南抗美援朝代表会议分配的农民负担30架飞机成为各地农村捐献的奋斗目标。

1951年下半年，是苏南农村抗美援朝运动的高潮阶段。各地农村掀起持续的爱国增产捐献运动。

1952年1月，据苏南抗美援朝分会统计，苏南农民1951年抗美援朝捐献的款项共达508亿元，占全区捐献总额的22.51%。

虽然苏南农村抗美援朝运动已经铺开，但如何保证运动顺利开展确是十分重要的。在1950年4月中旬苏南区党委决定将运动扩展到农村的时候，没有很具体的目标。

4月30日，苏南区委宣传部召开会议，作《关于苏南抗美援朝运动的报告》，报告指出：

> 必须认识抗美援朝运动是推动当前一切工作的一个经常起作用的动力，才能使运动和各项工作有机地结合起来，使各项工作加速度地顺利完成。

具体到农村工作中，报告认为，抗美援朝运动的展开，使得土地改革、生产竞赛、秋收、税收、参军等一系列的繁重任务，“都非常顺利而完满地完成了”。报告明确指出在农村中“把开展爱国生产运动作为抗美援朝运动的实际行动”，以便收到更大的效果。

在捐献数量方面，区党委在报告中指出，虽然过去会议上提出苏南农民捐献飞机30架，但对各地不要作具体数字上的分配，仅当作数字，“捐多少要看群众能否负担”，并且首先要保证公粮完成的前提下，“再根据群众的负担力量，进行捐献”。

领导上，务必使“各个县的捐献负担达到平衡”，对每一个具体农民来说，“反对平均摊派，不能按照人口、田亩来捐献”，要贯彻自愿的原则，根据“负担的能力、增产的收成和家庭情况来决定”。强调捐献武器运动必须与增加生产、增加收入相结合，“富有的多出，贫穷的少出或不出，产量增加多的多出，增加少的少出”。

苏南区委的政策受到中央重视，被推广到很多地方，取得了很好的效果。

人民支援战争的伟大胜利

1951年6月到1952年初期，为了使全国每一处每一个人都受到抗美援朝的教育，各地普遍展开各种活动，召开各种代表会议，讨论、制订当年全年普及深入抗美援朝运动的计划，订立爱国公约。大规模的爱国运动在全国各地进一步地展开。

广州市人民代表会议，听取广州市抗美援朝分会副主席萧桂昌关于5个月来抗美援朝、保家卫国的工作报告。在讨论中，代表们一致认为这一工作是有成绩的，但还不够普及与深入，没有做到广泛而有组织地进行宣传教育。

各代表提议今后应该在普及基础上深入，由进步阶层推向落后阶层，由有组织的群众推向无组织的群众，由大街推向横街小巷。推动运动时，应注意与各种工作相结合。代表们在会上一致表示：要做好各种实际工作来响应这个运动。他们并纷纷提出了保证。

福州召开二届一次人民代表会议，会议总结了该市4个月来的抗美援朝工作，讨论和制订全市深入开展抗美援朝运动的具体计划，会议并代行人民代表大会职权，选举了市人民政府市长、副市长及政府委员。

济南市举行各界人民反对美国武装日本代表会议，

到会的各界代表共有489人。会议确定了该市进一步开展抗美援朝运动的方针。

会上，中国人民抗美援朝总会山东省分会常务委员夏征农提出深入开展这一运动的五项意见：

> 1. 要求各机关、团体与学校订出具体计划，经常向群众进行宣传，使每一个人都受到爱国主义的教育；
>
> 2. 在各界人民中继续开展控诉美、日罪行的运动；
>
> 3. 发动各界人民切实检查与贯彻爱国公约，发起执行爱国公约的竞赛运动；
>
> 4. 把抗美援朝运动与镇压反革命分子的工作结合起来，以粉碎美帝国主义的破坏阴谋；
>
> 5. 坚决拥护与贯彻执行世界和平理事会关于缔结和平公约的宣言和其他重要决议。

川西区各大、中学校订计划加强爱国主义的学习和宣传，并且纷纷制订普及和深入抗美援朝运动的计划。

中国人民救济总会为响应中国人民抗美援朝总会普及深入抗美援朝运动的号召，向各地分会发出指示，要求各地分会立即协同当地抗美援朝分会及其他有关单位进行工作，并须立即根据当地情况，制订分会1951年内普及深入抗美援朝运动的具体计划。

国内的捐献运动为朝鲜前线提供了有力的物质保障。1952 年 6 月 23 日，美国侵朝空军大规模轰炸了中国境内的鸭绿江水电厂。7 月 11 日，美国空军对北朝鲜平壤进行轰炸扫射。中国各地掀起了抗议声讨活动，揭露和抗议美国这一暴行。美国企图阻挠中朝战俘全部遣返，并对其俘获的中朝人员施行极其野蛮的摧残和迫害，引起了中朝人民的极大愤慨。

1952 年 2 月至 10 月，《人民日报》多次发表社论和声明，揭露和谴责美军迫害战俘的罪行。全国人民也积极掀起了抗议活动，要求释放全部战俘。

1953 年 5 月中旬到 6 月中旬，中国人民志愿军配合停战谈判，先后发动两次进攻性作战，歼灭“联合国军”4 万余人。

7 月 13 日，中朝人民军队发起金城战役，歼灭“联合国军”5 万余人，收复土地 178 平方公里。

美国在形势更加不利的情况下，于 1953 年 7 月 27 日在板门店同中朝代表签订《关于朝鲜军事停战的协定》。历时 3 年零 32 天的朝鲜战争终于结束了。

至此，中国人民伟大的抗美援朝运动取得了辉煌的胜利。

参考资料

《抗美援朝战争纪事》中国人民革命军事博物馆编著 解放军出版社

《抗美援朝的故事》贺宜等著 启明书局

《抗美援朝战场日记》李刚著 解放军文艺出版社

《中国人民志愿军征战纪实》王树增著 解放军文艺出版社

《王平回忆录》王平著 解放军出版社

《抗美援朝纪实：朝鲜战争备忘录》胡海波著 黄河出版社

《血与火的较量：抗美援朝纪实》栾克超著 华艺出版社

《烽火岁月：抗美援朝回忆录》吴俊泉主编 长征出版社

《伟大的抗美援朝运动》中国人民抗美援朝总会宣传部 人民出版社

《开国第一战：抗美援朝战争全景纪实》双石著 中共党史出版社

《志愿军援朝纪实：有关抗美援朝的未解之谜》李庆山著 中共党史出版社